KB239320

부루마불에
평양이
있다면

부루마불에
평양이
있다면

윤고은
소설

문학동네

차례

양말들

양말들

언젠가 시차에 관한 글을 읽은 적이 있다. 우리가 여섯 시간의 시차가 발생하는 곳으로 이동할 때 모든 신체 부위가 동일한 시차를 겪는 게 아니란 얘기였다. 발이 그곳에 닿은 후에도 두뇌는 오일 후에야 도착하고, 폐나 간은 이 주까지도 걸린다. 그러니까 한 사람의 내부에서도 시차가 발생하는 셈인데, 죽음 앞에서도 그런 모양이었다. 감각이 죽는 속도가 부위마다 조금씩 달랐다. 가장 먼저 죽은 게 성대의 떨림이었다. 어떤 말을 해도 더이상 성대가 울리지 않았다.

두번째로 죽은 게 손의 감각이었다. 내 오른손이 엄마의 등을 그대로 통과했던 건 단 한 번뿐이었지만, 감각이 계속 무뎌지고 있어 아무것도 만질 수 없는 때가 곧 올 것만 같았다. 아직 나머지 감각들은 유효했다. 심지어 시각과 후각은 전보다 더 예민해진 것 같았다. 이틀 내내 육개장 냄새를 늘 처음처럼 맡을 수 있었다. 좀체 익숙해지지 않는다는 점에서 혹시 내가 겉돌고 있는 게 아닌지 불안해질 정도였다. 몇 번씩 화장실로 가서 거울에 내가 또렷하게 보인다는 사실에 안도하곤 했다. 다만 실루엣이 너무 또렷해서 오히려 합성 사진처럼 느껴진다는 게 좀 걸렸다. 가위로 나를 정교하게 오려낼 수도 있을 것 같아서.

내가 방금 벗어둔 검은색 슬리퍼는 여기 장례식장에서 제공하는 것으로, 다른 몇 개의 슬리퍼와 다를 게 없는 생김새인데도 유독 고립되어 있었다. 2호실 입구에 떡하니 벗어두어도 누구도 이 슬리퍼를 신지 않았고 이 슬리퍼의 동선을 방해하지도 않았다. 슬리퍼를 허공에 든 채 이리저리 흔들어보았다. 아직 내가 만질 수 있는 것들로 고요한 실험을 하는 중이었는데 아무도 보지 못한 것 같았다.

이틀 전에 근조 화환 하나가 이곳으로 도착했고, 그때 나도 같이 왔다. 내가 타고 있던 엘리베이터가 화물용인지는 몰랐는데 문이 닫히려던 찰나에 누군가가 들어오려 해서 열림 버튼을 눌러주었다. 덕분에 근조 화환 하나가 엘리베이터 안으로 들어올 수 있었다. 화환이 아주 커서 내 시야를 가렸다. 그때만 해도 나는 이 화환이 내 앞으로 왔다는 사실을 믿지 못했다. 나는 여기에 너무 멀쩡히 있었으므로 내가 죽었다는 사실 자체도 낯설었지만 그 화환에 '삼봉 테니스 협회'라고 적혀 있었던 것이다. 살면서 테니스 공을 한 번도 잡아본 적이 없고, 어떤 협회에 소속된 적은 더 없고, 그러니까 삼봉 테니스 협회가 내 장례식에 화환을 보낼 이유가 전혀 없었다. 그 화환에 대해 의심하는 사람은 나 하나뿐이었다. 화환의 높이는 이 미터가 넘는 것 같았다. 이게 정말 내 것이라면 지금까지 받아본 것 중에 가장 부피가 큰 꽃이었다. 내 몸집보다 더 크고 나보다 더 오래 살 것이 분명한 그 꽃을 나는 물끄러미 바라보았다. 근조 화환은 어제도 오늘도 말없이 서 있었다. 아무래도 발송 오류가 있는 것 같았다. 이 화환도 그렇고 이 죽음도 그렇다. 서른일곱 10월에 내가 죽었다는 이야기, 이거야말로 잘못 배달된 게 아닐까.

엄마는 여전히 내 영정 사진 앞에 앉아 있었다. 퍼뜩 생각난 것처럼 또 한번 엄마를 불러보았지만 내 말은 여전히 어딘가로 새어 나갔다. 허공에도 틈새가 있다는 것, 그게 종이에 칼집을 한 번 낸 것처럼 얇지만 충분한 구멍이라는 것도 최근에서야 알게 된 것이다. 엄마를 바라보다가 소파에 앉았다. 이틀 내내 가장 오래 머무른 곳이 영정 사진 맞은편에 놓인 검정 소파였다. 2인용 소파였고 검은색이긴 했지만 군데군데 노란 솜이 삐져나와 있었다. 소파에 앉을 때마다 그 안의 솜이 한숨을 쉬는 것 같은 소리를 냈다. 어딘가에 걸터앉는 게 아직은 가능했지만 앞으로는 어떨지 장담할 수 없었다. 나의 밀도가 자꾸 줄어들어 다른 사물의 경계들이 나를 침범하는 것 같은 느낌을 받고 있었다. 만약 엉덩이나 등이 저 소파를 그대로 통과하는 일이 생긴다면 그건 내 의지에 의한 게 아니라 단지 이 세계를 지배하는 힘이 더이상 나를 고려하지 않기 때문일 것이다.

영정 사진 속의 내 모습은 마음에 들지 않았다. 사진 속의 나는 활짝 웃고 있었다. 저 액자틀 안에 내가 들어 있다는 것도 낯설긴 했지만 왜 하필이면 저 사진일까. 지난봄 김과 소풍을 갔을 때 찍은 거였다. 지난 계절에 김과 헤어진 후 그와 얽힌 사진을 다 버렸지만 이전에 언니의 휴대폰으로 전송한 사진까지 지우진 못했다. 언니는 저 사진을 찍어준 이가 김이라는 걸 알았을까? 오늘이 발인이었고, 이미 내가 아는 사람들은 거의 다녀갔다. 다행히 김은 오지 않았다.

이른 아침부터 한 무리의 사람들이 들어왔기 때문에 나는 분향실 밖으로 밀려났다. 몸이 얇아지고 있음에도 불구하고 이전보다 더 많은 공간이 필요했다. 다른 사람의 몸을 통과하는 일이 벌어질까봐 최대한 안전거리를 확보해야 했기 때문이다. 나는 윤과 슬이 있는 쪽으로 가서 그들처럼 벽에 등을 기대고 앉았다. 다행히 벽이 나를 지탱해주었다. 상 위에 깔린 흰색 비닐은 처음엔 페이스트리처럼 겹겹이었으나 이젠 두 장만 남아 있었다. 그 두 장의 모서리를 손가락으로 비비면서 면과 면이 만나는 느낌에 집중하려 애썼다. 찬송가 소리가 들리기 시작했다. 식구 중에 교회에 다니는 사람은 언니뿐이었다. 언니가 장례식장 복도에서 혼자 우는 걸 몇 번이나 봤는데, 그러다가도 퉁퉁 부은 눈으로 사람들을 맞이하곤 했다. 언니가 있어서 다행이었다. 언니 곁에 형부가 있다는 것도. 이곳에 도착한 첫날 부모님께 액상 청심환을 마시게 한 것도 언니였다. 내 장례식장에서 찬송가가 퍼질 거라고는 생각해본 적이 없어서 좀 어색했지만, 곰곰이 생각해보면 이건 감사할 상황이었다. 이 장례식이 착오일 거라 믿는 입장에선 모두 게 낯설수록 좋았다. 모르는 사람들, 모르는 노래들, 모르는 이야기들, 그 안에서만 죽은 이가 나라는 사실이 흐려졌다.

어떤 사람들은 이 갑작스러운 부고에 대해 이야기를 나누곤 했는데 오가는 말을 듣고 있으면 이런 생각이 들었다. 이들은 조문객이 아니라 결혼식 하객으로 나와 만날 수도 있었다는 사실을 알고 있을까? 청첩장을 돌리기 전 결혼식이 취소된 건 다행이지만, 무산된 계획에 대해 아는 사람이 아주 없는 건 또 아니어서 모두가 나를 안쓰럽게 여기는 것 같았다. 지난밤에도 내 대학 친구 몇이 육개장을 한 그릇씩 앞에 두고 침통한 표정으로 앉아 있었다. 그들은 나와 마지막으로 연락이 닿았던 게 언제였는지 왜 이런 일이 벌어진 건지 이야기했지만 명확한 정보를 아는 이들은 별로 없었다. 뒤숭숭하고 기묘한 기분만을 안고 돌아간 이들도 있을 것이다. 나 역시 그랬다. 오가는 말들 사이에서 단역처럼 앉아, 어쩌다

이 장례식의 주인공이 되어 있는지 생각했다. 식구들이 하는 얘기, 그래서 들리는 얘기가 있었으나 믿음이 가진 않았다. 내가 죽었다는 사실만큼이나 사인死因도 당혹스러웠으니까. 나로서는 삶이 끊어진 지점을 찾기가 힘들었는데, 그게 정말 내가 자다가 죽었기 때문인 것일까. 누군가 내게 물어봐준다면, 눈을 떠보니 화물용 엘리베이터 안이었다고밖에 말할 수가 없다. 근조 화환을 따라와보니 가족들이 울고 있었다.

오래전에 기이한 경험을 한 적이 있었다. 맨바닥에서 깜박 잠이 들었다가 깨어나 몸을 일으켰는데 일부만 따라온 기분을 느꼈던 것이다. 분명 상반신을 조금 일으켰는데 내가 아직 저기 바닥에 그대로 누워 있었다. 마치 물체를 빠른 속도로 좌우로 흔들 때 남는 궤적처럼 아주 짧은 순간의 흔들림으로 잠시 분리된 듯했다. 겨우 몇 센티미터 정도였을 수도 있다. 조금 몸을 일으켰다가 다시 바닥에 등을 대고 누워 나머지 반과 함께 올라왔던 것 같은데 그마저 꿈일 수도 있었다. 내가 정말 죽은 거라면 혹시 그런 과정을 거쳤던 걸까. 물리적인 고통 없이 자다가 죽기를 꿈꿔왔지만 서른일곱의 어느 날은 아니었다. 분명 다른 사연이 있을 거라고 생각하고 있다. 윤과 슬도 그랬다. 둘은 서른일곱 동갑내기가 자다가 갑자기 죽는, 이 상황을 받아들이지 못했다.

윤과 슬은 지난밤에도 거의 자지 못했다. 그들은 밤과 아침의 특별한 경계 없이 여전히 눈을 반쯤 감은 채 얘기중이었다. 사흘

전 새벽에 나한테서 전화가 두 통 와 있었는데 받지 못했다고 윤이 말했다. 윤은 새벽 한시의 전화를 받지 못한 것에 대해 벌써 몇 번째 고백하고 있었다. 나는 또 같은 말을 해주었다. 괜찮아, 나도 아침에야 그 통화를 발신 목록에서 발견했는걸, 한 박자씩 화면 전환이 느린 내 휴대폰 탓에 다른 사람에게 전화하려던 게 너에게 갔던 것뿐이야, 애초에 너에게 전화를 걸려고 했던 게 아니었으니 니도 내 전화를 놓친 게 아니었어, 라고. 그러나 이런 말은 칼집 난 틈새로 빠져나갔다.

"나도 전화를 받았어. 화요일. 그 전날이네."

슬이 말했다. 윤의 경우는 진짜 실수였고, 슬의 경우는 주사였다. 같은 맥락에서 이야기될 필요가 없는 일이었지만, 친구들은 내가 이틀 연속으로 새벽에 전화를 걸었던 사실만을 헤아렸다. 그런 적은 거의 없었다는 말을 주고받으면서. 그렇긴 했다. 윤에게는 남편과 아이 둘이 있었고, 슬은 연애를 시작한 지 얼마 되지 않았다. 내가 그 시간 그들에게 전화하는 게 흔한 일은 아니었지만 그렇다고 해도 사망의 신호로 해석될 필요까진 없었다. 아마 내 목소리가 그들에게 전해졌다면, 그래서 내가 "술 먹었다니까!" 혹은 "그게 뭐라고!" 해버린다면 그 일은 금방 잊혔을 텐데. 그다지 중요하지 않은 거라고 말해주는 사람이 없어서 윤과 슬은 계속 그 전화를 곱씹었다.

공교롭게도 최근의 내 행적이 그랬다. 아무래도 모두가 믿고 있는 사망 날짜보다 훨씬 앞서서 죽은 건 아닐까 싶을 만큼 내가 기억하지 못하는 동선도 꽤 있었다. 잘 알지 못하는 일들이 나를 증명하고 나서기도 했다. 이를테면 내가 두 달 전에 직장을 그만둔 사실과 지갑 속에 로또 영수증이 들어 있었다는 사실 사이엔 아무 연관성이 없는데도, 언니는 내 지갑 속 로또 영수증을 보고 울었다. 누구도 그 영수증 뒷면의 낙서 같은 것에는 관심이 없었다. 그 로또가 단지 이면지였을 가능성에도.

내가 기억하는 동선도 이제 와서는 낯설어지고 있었는데 거기엔 휴대폰의 성능도 한몫했다. 생각해보면 죽음에 더 가까워지고 있었던 건 내가 아니라 내 휴대폰 쪽이었다. 위성이 쏘아준다는 그 통일되고 정확한 시간에서 약간 비껴나간 휴대폰도 있는 모양이었고, 나는 그걸 노화처럼 자연스럽게 받아들이고 있었다. 휴대폰 시계는 혼자서 조금씩 빨라지고 있었다. 처음에는 이 분 빠른 정도였는데 최근에는 팔 분까지 벌어졌다. 느린 게 아니라 빠른 거라서 크게 개의치 않았는데, 문자메시지의 기록 방식이 좀 고지식해서 문제였다. 오가는 메시지들이 저마다 출발지의 시간으로 기록되는 바람에 내가 보낸 메시지는 늘 팔 분 빨랐고, 내게 날아온 메시지는 내 것에 비해 팔 분 느렸다. 그러다보니 휴대폰 속에는 실제 메시지가 오갔던 순서와 전혀 다른 구성으로 대화들이 보존되었다. 그런 시차는 흔한 게 아니었으니 낯선 구성을 꼼꼼히 읽어줄 사람도 드물었다. 엄마나 아빠보다는 언니 쪽이 좀 낫긴

하지만, 언니도 내 휴대폰 속의 시차에 대해서는 아는 바가 없었다. 그러다보니 내 문자메시지의 기록들, 이를테면 나 혼자 "어디서 뵐까요?" "거기서 기다리겠습니다." "괜찮으세요?" 같은 말을 한참 쏟아놓다가 팔 분이 훨씬 지난 후에 "네." "알겠습니다." "저도 그곳 좋습니다."와 같은 상대방의 말이 몰려오는 대화들을 확실히 불통의 증거로 읽게 됐다. 어떤 대화들은 다시 보면, 이미 다 끝난 얘기를 가지고 뒤늦게 나 혼자 제동을 걸거나 고집을 부리는 것처럼 보일 수도 있었다. 실상은 그런 게 아니었다. 세상에는 단지 순서를 좀 바꾸는 것만으로 전혀 다른 표정이 되는, 그런 이야기들이 더러 있는 것이다. 물론 직접 겪어보지 않은 사람들은 잘 모르는 이야기다.

예배를 마친 사람들이 밖으로 나왔는데 무리 중 한 남자와 내가 눈이 마주쳤다. 남자는 분명 나를 똑바로 본 것 같았는데 곧 시선을 거두고 스쳐지나갔다. 어디서 본 듯해서 계속 생각해보니 며칠 전 횡단보도에서 마주쳤던 게 떠올랐다. 나는 횡단보도를 건너는 것도 잊은 채 건너편의 남자를 오래 관찰했는데, 그가 한 손에 망치를 들고 있었기 때문이다. 망치는 투박했고 아무런 포장 없이 남자의 손에서 덜렁거렸다. 그는 초록불을 기다리다가 곧 길을 건너갔고, 나는 초록불을 기다리다가도 건너가지 못했다. 망치를 그렇게 날것으로 든 채 걸어가는 이유가 뭔지 궁금해서였다. 그 남자의 망치와 나는 아무 상관 없이 멀어졌고 그건 내 삶에서 그다지 중요한 지점이 아니었다. 아까 눈이 마주쳤던 그 사람이 아닌 것도 같았다. 나는 초조하게 다른 장면을 찾아내려 애썼다. 잠깐 시선을 빼앗긴 사이에 윤과 슬은 다른 얘기를 시작한 것 같았다. 슬이 언니에게 말했다.

"언니! 연지 유서가 있어요."

유서라고? 나만큼이나 놀란 표정의 언니가 슬이 건네준 휴대폰을 봤다. 슬은 삼 년째 같은 휴대폰을 쓰고 있었는데 그 안에는 꼭 일 년 전에 내가 녹음한 유서가 있었다. 윤이 언니에게 이어폰을 건넸다. 언니는 떨리는 손으로 이어폰을 건네받고는 물었다. 왜 연지가 유서를 썼느냐고. 슬의 눈가에 눈물이 또 차올랐다. 슬은 고개를 가로저으면서 대답했다.

"모르겠어요."

모르다니. 그때 내가 매주 한 번씩 글쓰기 강좌를 들으러 다녔고, 과제로 유서를 작성했던 걸 슬은 알지 않았던가? 슬은 기억하지 못하는 것 같지만 그 유서를 처음 쓰기 시작한 곳은 맥줏집 한 구석이었고 그때 슬도 같이 썼다. 우린 냅킨 위에 볼펜으로 각자의 유서를 쓰기 시작했던 것이다. 다만 집에 가서 녹음까지 했던 게 나였고 그 파일이 슬의 휴대폰 속에 남아 있을 뿐. 맥락을 다 놓친 채 슬은 덜 중요한 지점만을 기억해냈다.

"연지가 공증을 받거나 육성 녹음을 해야 유서가 유효하다고⋯⋯"

언니는 다소 긴장된 표정으로 이어폰을 귀에 꽂았다. 그 유서에 어떤 내용을 썼는지는 기억이 나지 않는데, 그걸 업데이트하지 못한 건 설마 유서를 쓰고 일 년 만에 내가 진짜 죽을 거라고는 생각도 못했기 때문이었다. 언니는 유서를 한 번 듣고는 윤과 슬에게 물었다.

"이거 언제 녹음한 거라고? 여름에 헤어지고 나서 한 거니?"

윤이 일 년 전의 녹음이라는 것을 상기시켜주었다. 언니는 다시 이어폰을 꽂았다. 누구도 더 말하지 않았다. 한 시간 후엔 입관이 있을 예정이었다. 그리고 마지막 조문객일 누군가가 방금 들어왔다. 막 신발을 벗고 분향소를 향해 들어오는 사람은 후였다. 윤과 슬은 그가 방명록에 뭐라고 남기는지를 유심히 살폈지만 후는 아무 흔적을 남기지 않았다. 언니와 형부가 후를 맞았다. 그는 내 영정 사진을 물끄러미 바라보다가 고개를 숙였다. 그리고 내게 꽃을 줬다.

지난여름 나는 강릉에 세 번 갔다. 앞의 두 번은 김과 함께였고 마지막엔 나 혼자였다. 그를 만난 건 앞의 두 번과 마지막 한 번 사이의 일이다. 막 예식장 계약을 마친 상태였고 목록엔 해야 할 것이 아직도 산더미처럼 남아 있었다. 내 인맥이랄 것은 대부분 서울을 중심으로 있었는데, 신랑의 본가가 강릉이라는 걸 비롯한 여러 이유로 강릉의 예식장을 계약하게 됐다. 예식장 패키지에 축가는 포함되어 있지 않았다. 주변에 축가를 부를 사람도 없었다. 김은 축가가 필수적인 건 아니라고 말했지만 진짜 필수적인 것만 골라내면 사실 이 결혼 자체가 불가능했다. 축가를 전문으로 하는 업체를 찾아봐도 내가 원하는 날짜에 가능한 업체는 이미 없었다. 모두 예약이 꽉 차 있거나 강릉까지는 올 수 없다고 했다. 그때 동료 선생님 하나가 실용음악 학원을 알아보라고 했다. 맞는 말이었다. 나는 입시 학원에서 십 년 넘게 언어영역을 가르치고 있었는데 어떤 일이든 십 년 정도 하다보면 그게 세상을 파악하는 지도가 될 수 있었다. 몇 군데 강릉 소재의 실용음악 학원을 찾아보다가 마지막으로 닿은 곳이 '후'라는 이름의 실용음악 학원이었다.

"혹시 거기 학생들이 아르바이트 같은 걸 할 수 있을까 해서요. 결혼 축가 부를……"

전화를 받은 남자는 실용음악 학원의 원장이었다. 그는 결혼식 날짜를 묻고는, 임박하기도 했고 입시철이라 아르바이트를 할 학생이 없을 거라고 했다.

"오후 한시에 컨벤션 웨딩인데요."

가능한 사람이 없다는데도 나는 그렇게 말해보았다. 이미 여러 곳에 전화를 한 상태였고 나는 좀 지쳐 있었다. 이쪽에서 거절한다면 축가는 없을 게 분명했다.

"아아, 등대 쪽에 있는 거요. 지난주에도 거기서 축가 불렀는데."

휴대폰 너머 상대방이 그렇게 말하는 순간 내 귀에 그의 목소리가 더 또렷하게 들려왔다. 그의 이름도 '후'였다.

"전화 받으시는 분이 원장 선생님이시죠? 그럼 선생님이 축가 해주시면 안 될까요? 저 좀 절실한데요."

"아아, 전 축가를 부르지 않아요. 그냥 지인들 결혼 때나 부르는 거예요."

"저희도 알아가면 되잖아요!"

휴대폰을 통해 가볍게 웃는 소리가 들렸다. 그는 입시철이라 사실 학원 전체가 바쁘기 때문에 그 무렵의 일정에 대해 확답할 수가 없다고 하면서도, 얼른 전화를 끊지는 못했다. 전화기 속에서 정말 불가능한 거냐고 묻는 여자 때문이었다. 나는 그에게 내 사정을 좀 설명했다. 서울에 사는데 강릉 쪽에서 결혼을 하게 됐고, 친구들이 많이 오지도 못할 텐데 노래라도 있었으면 한다고. 그런데 여기저기 알아봐도 가능한 분이 없고, 지금 이곳에 마지막으로 전화를 한 거라고 말이다. 그러니까 당신이 거절한다면 내 결혼식에는 축가가 없겠죠……그렇게.

"어떤, 듣고 싶은 노래가 있으세요?"

"〈시월의 어느 멋진 날에〉하고, 성시경 〈두 사람〉이요."

그렇게 말하고는 얼른 덧붙였다. 둘 중 어느 곡이어도 괜찮다고, 아주 다른 곡이어도 괜찮다고. 가능성이 아주 없어 보이진 않아서 나는 그를 물고 늘어졌다. 그가 다른 행사 때 한 곡당 이삼십만원 정도를 받는다는 것도 알아냈다. 결국 그는 일단 자신의 노래를 들어보고 판단하라고 말하게 됐다. 그리고 며칠 후에 〈시월의 어느 멋진 날에〉와 〈두 사람〉을 녹음해서 보내줬다. 나는 그 노래 파일을 반복해서 들었다. 어느 한 곡을 고를 수 없을 만큼 둘 다 좋았기 때문에 후에게 선택을 넘겼다.

며칠 후 양재역 부근에서 후를 만났다. 김은 동행하지 않았다. 축가를 부르는 사람과 축가를 받는 사람 사이의 만남이 필요하다고 생각하는 건 직접 통화한 두 사람뿐이었다. 후는 서른두 살이었고, 이명 치료를 위해 이 주에 한 번씩 서울에 올라온다고 했다.

"이명 치료도 하세요?"

"아뇨. 제가 치료를 받는 거죠."

그는 규칙 없이 찾아오는 이명 때문에 스트레스를 받고 있었다. 심리적인 이유가 큰 것 같다고 하기에 나는 한 가지 방법을 알려줬다. 이명을 이명이라고 부르지 말고, 다른 이름을 붙여보라고 말이다. 더 편안하고 만만한 이름 말이다. 이건 학생들을 상담할 때 많이 쓰던 방식이었다.

후는 '양말'을 골랐다. 후의 이명은 양말이 되었다. 후가 기억하는 첫번째 양말, 두번째 양말, 그리고 세번째 양말에 대한 이야기를 듣고서 우리는 커피를 한 잔씩 더 리필했다. 그다음에는 내가 김과 어떻게 만났는지, 어떻게 결혼에 이르게 되었는지에 대해 이야기했다. 그러는 동안 두 시간이 훌쩍 지나갔다. 헤어질 무렵에는 약간 허기가 느껴질 정도로 우리는 실컷 떠들었다. 후는 결혼식 때 나를 '연지 누나'라고 부르기로 했다. 〈시월의 어느 멋진 날에〉를 부른 다음 '연지 누나가 정말 좋아하는 곡'으로 〈두 사람〉을 이어 부르겠다고 말이다.

"두 곡 다요?"

"네. 선물로 드리고 싶어서요."

아! 이삼십 중에 최대한 이십 쪽으로 흥정을 해버려던 나는 '선물'이란 말에 긴장이 탁 풀리는 느낌을 받았다. 후는 가끔 학원으로 결혼식 축가에 대한 문의가 들어오기도 하지만, 신부가 직접 전화를 한 것은 처음이었다고 했다.

"그래서 그때 전화를 딱 끊지 못하신 거군요?"

"그렇다기보다는, 선물을 하게 되겠구나 생각했죠."

그렇게 후는 이십만원에 두 곡을 부르게 됐다. 그 만남 이후 한두 번 더 후와 안부 메시지를 주고받았고, 후는 양말 요법이 효과가 있는 것 같다고 했다. 예정대로라면 우리는 결혼식장에서 만났어야 했다.

어떻게 오셨냐고 묻는 언니에게 후는 '아는 동생'이라고 대답했다. 후는 로또 영수증이 왜 내 지갑 안에 있는지 아는 사람이기도 했다. 그건 일종의 부적이었던 것이다. 마지막으로 강릉에 갔을 때 나는 혼자였다. 결혼식은 청첩장을 돌리기 전에 멈췄으나 뒷수습이 내 몫이었다. 직접 강릉에 가야만 해약이 가능한 일들도 있었고, 그중의 하나가 내 감정이었다. 김과는 여섯 달을 만났다. 애초에 결혼을 염두에 두고 만난 사이치고는 준비 과정에서 너무 많이 차이가 났고 우리는 그걸 극복할 만큼 절실하지 않았다. 먼저 애기를 꺼낸 쪽이 누구인지가 중요하지 않은 건 둘 다 그 발화의 순간을 기다렸기 때문일 수도 있다. 그렇다 해도 타격이 없진 않았다. 내 삶에 리셋 버튼이 있다면 그걸 누를 수 있는 사람은 나 자신뿐이라고 믿었는데, 엉뚱한 힘에 의해 망쳐진 느낌이었다. 김의 직장이 가까운 곳에서 새살림을 시작할 예정이었고, 나는 이직을 위해 학원을 미리 그만둔 상태였다. 큼직하게는 거주지와 직장부터 작게는 항공권과 냉장고와 소소한 택배 수령까지 모든 걸 수정해야 했다. 모든 걸 다시 시작해야 했다. 내가 김과 나눴던 게 사랑이란 감정은 아니었던 것 같아서 처음엔 그게 다행스럽게 느껴졌다. 그리고 시간이 좀 지난 후엔 정반대의 생각을 하게 됐다. 내가 물불 안 가리고 덤비다 사랑에 실패한 거였다면 더 낫지 않았을까, 하고. 내가 강릉에 가서 진짜 해지하고 싶었던 건 그런 나의 무탈함이었다.

결혼식을 올릴 뻔했던 예식장을 뒤로하고 나는 등대 근처의 카페에 앉았다. 자정이 넘은 시간이었다. 소주 한 병을 시켰고, 잊고 있던 약속들을 정리했다. 그중의 하나가 후의 노래였다. "결혼이 취소되었습니다. 노래를 부를 일이 없어졌어요." 끝에 '미안합니다'라는 말을 쓰다가 그건 지워버렸다. 이미 입금한 건 돌려받지 않겠다고만 덧붙였다. 소주를 절반쯤 비웠을 때 후에게 메시지 한 통이 날아왔고, 나는 이렇게 대답했다. "24시간 카페가 있어 다행이에요."

새벽 다섯시쯤에 후가 왔다. 후는 술이 아니라 커피를 시켰다. 나는 단지 공범이 필요했던 거였는데 어쩐지 무뚝뚝한 경찰에게 연행되는 기분이 들었고, 그래서 이런 말까지 했다.

"술을 마시면 힘이 좀 세지지요. 나 말이에요."

"누굴 때리거나 그러나요?"

"그런 것보다는…… 만취하면 나무를 타요."

후는 큰 소리로 웃기 시작했다. 저런 가로수에 올라간단 얘기죠, 하면서. 나는 아주 오래전 일이라고 얘기했다. 가장 최근에 나무를 탄 기억을 꼽아봐도 한 오 년 전이라고. 손가락까지 하나씩 굽혀가면서 오 년을 헤아렸다. 후가 말했다.

"오늘도 나무를 탈 거예요?"

"오늘은 로또를 살 거예요."

후는 내게 좀 걷자고 했다.

"이 밤에요?"

"곧 해 떠요."

나는 갈지자로 걸었다. 후가 어느 차 앞에서 멈춰 서서 문을 열었다.

"좀 있으면 드라마 소품팀 같은 데서 연락이 올 수도 있어요. 이 십팔만 킬로 뛴 차거든요."

"드라마 소품팀에서 왜요?"

"드라마나 영화에서 이렇게 구형 차가 등장하면 꼭 사고 장면이 나오거든요. 그 차는 처참하게 부딪치게 되어 있어요."

"그래요?"

"꼭 그렇던데. 어차피 깨질 차니까 그런 걸 쓰나봐요. 주인공이 구형 차를 몰고 등장하면 사고 나겠구나, 싶거든요."

나는 조수석에 앉았다. 후는 내비게이션의 목적지로 서울을 찍고는 이렇게 물었다.

"빠른 길하고 예쁜 길이 있어요. 어디로 갈까요?"

내가 대답하지 않자 후는 예쁜 길을 선택했다. 빠른 길에 비해 한 시간 정도가 더 걸리는 길이었다. 밤이 되어 헤드라이트 불빛이 필요해지면 그때부터 차로 뛰어드는 것들이 생겨난다고 후가 말했다. 새벽 도로에는 간밤에 충돌한 두 세계의 파편들이 남아 있었다. 나는 얕은 비명을 질렀다.

"앞에 저게 뭐예요?"

후는 고라니라고 대답했다. 새라고도 대답했다.

"다음부터는 무조건 양말이라고 대답하세요."

내가 말했다. 그리고 그 낡고 낯선 차에서 잠이 들었고, 깨어났을 때도 여전히 길 위에 있었다. 도로 위에서 죽은 무언가를 피해

가느라 차가 휘청거리는 게 느껴졌다. 내가 묻지도 않았는데 후가
대답했다.

"양말요."

후와 나는 여정의 중간쯤, 휴게소에 들러서 콩나물국을 먹고 로
또도 한 장 샀다. 예상대로 휴지조각이 되었지만 그 로또 영수증
을 버리지 못한 건 뒷면의 낙서 때문이었다. 후가 거기에 양말 한
켤레를 그려두었던 것이다. 신으면 종아리 중간까지 올 것 같은,
길고 보드라운 소재의 양말을.

삼 년 전 할머니가 병원에 입원하셨을 때 병문안을 갔다가 '재
밥 좀 먹이라'는 말을 들었다. 그게 할머니가 내게 남긴 유언이 됐
다. 그후로 밥 먹으라는 말, 내게 밥 좀 먹이라는 말에 어떤 의미
가 있는 게 아닐까 종종 생각했다. 밥이라는 건 확장하자면 한없
이 확장되기도 하니까. 그러나 줄어들면 또 밥 한 그릇일 뿐인 것
이다. 내가 유서에 어떤 말을 담아뒀는지는 기억에 거의 남아 있
지 않았다. 유서를 녹음했다는 사실을 잊을 만큼 무심했기 때문에
그걸 업데이트할 생각도 못했다. 요즘 같은 때에 삼 년씩 같은 휴
대폰을 쓰다니, 고물 폰 좀 바꾸라고 슬을 부추겼던 기억이 있는
데 그 벌을 받는 기분이었다. 슬의 휴대폰은 삼 년차 관록을 과시
하며 엄청난 증거물 행세를 하고 있었다. 언니는 내 유서를 반복
해서 듣고 또 듣고 있었는데 나는 그 안에 녹음된 내 목소리를 제

발 믿지 말라고 말해주고 싶었다. 그 유서는 단지 과제물이었을 뿐이라고 말이다. 실제로 그건 '생활인의 글쓰기'라는 강좌의 과제였다. 지역에 있던 문화센터에서 인문학 강좌 두 개를 들었더니 '2+1'으로 강좌 하나를 더 들을 수 있다고 했고, 그래서 선택된 덤이었다. 막상 강좌가 시작되자 그 덤을 가장 열심히 하게 됐다. 심지어 멋진 문장과 담백한 내적 고백을 위해 며칠을 고민하기도 했다. 그 결과 유서에는 이런 문장도 담기게 됐다.

"내가 당신과 남항대교를 건널 수 있다면 참 좋겠습니다."

이 문장에 무슨 문제라도? 언니가 그 부분을 몇 번이고 반복해서 읽어낼 때 나는 어리둥절한 상태가 되었는데 대체 왜 그 부분에 주목하는지 얼핏 이해가 가지 않아서였다. 언니는 그 부분을 열 번이나 반복해서 들었다. 한참 그 말 주변을 배회하고서 윤과 슬에게 말했다.

"라망이 뭐지? 라망대교?"

슬이 두 눈을 껌뻑거리고 있는 동안 윤이 뭔가를 기억해냈다.

"라망은 연인 아니에요?"

"그치? 그거 불어지?"

언니는 '남항대교'를 '라망대교'로 알아들은 것이다. 언니는 '남항'을 '라망'으로 오해했다. 사실 '남항대교'는 부산에 있는 그냥 다리 중 하나로 내가 얼마간 도로 연수를 할 때 최종 목표 지점으로 삼았던 곳이었다. 저건 유서였으나 실은 내 삶의 과제들, 그러니까 운전 같은 것에 대한 의지를 표현한 글이나 다름이 없었다. 당신이 누구냐고? 당신은 그냥 불특정 다수, 절대자, 조국, 지방자치단체, 고향, 또다른 자아, 뭐, 뭐든 상관없는 거였다. 그저 문학적 표현이었던 것이다. 그러나 내게서 '남항대교'에 대해 들었던 친구들은 막상 지금 아무것도 기억하지 못했고, 언니가 '남항'을 '라망'으로 듣는 걸 도왔다. 이틀간 거의 못 잔 언니의 컨디션도 프링스이를 좋아하는 요의 취향도 그 오해를 부추겼을 것이다. 내 휴대폰에 저장된 후의 노래 두 곡, 그리고 순서가 뒤바뀐 문자 메시지도 그 오해를 도왔다. 어쩌면 단지 내 발음 탓일 수도 있다.

유서에는 누구로도 해석이 가능한 그 '당신'에 대한 내 열정 혹은 집착이 가득 묻어났고, 그 '당신'을 누구도 은유로 해석해주지 않았다. 당신은 반드시 실존하는 당신이어야 했다. 라망대교는 대한민국 어디에도 없었지만 놀랍게도 강릉에는 '라망'이란 이름의 카페가 있었고 나는 거기에 간 적이 있었다. 또 놀랄 일은 기억력도 좋지 않은 슬이 그 '라망'이란 카페를 기억해냈다는 거였다. 나는 브레이크가 고장난, 이미 웃기기로 작정한 고물차 한 대가 몸이 터질 듯 질주하는 걸 보는 심정으로 슬의 말을 들었다.

"그 축가 담당자요, 그 사람이랑 밤새 술 먹은 적이 있어요, 연지가. 거기가 라망대교였던 것 같은데?"

"여름에? 유서는 일 년 전에 쓴 거라며."

다행히 윤이 똑똑하게 상황을 정리했지만 사람은 믿고 싶은 대로 믿기 마련이었다. 언니는 가볍게 취사선택을 했다. 라망, 라망 대교에 대한 내 열망은 일 년 전부터 시작된 것, 그리고 그리 멀지 않은 미래에 축가 담당자를 그리로 데려간 거라고 말이다. 방명록에서 후의 이름을 확인한 언니는 마침내 내가 가장 염려하던 방향으로 행동하기로 했다. 언니가 후를 쫓아 밖으로 뛰어나갔다. 나도 덩달아 뛰게 됐다. 언니는 슬의 휴대폰 속에 담긴 나의 철지난 목소리와 내 휴대폰에 남은 순서가 뒤바뀐 메시지들을 통해 나름의 결론을 내린 것이다. 언니는 후에게 다가가 말했다.

"저기, 혹시 축가 부르시기로 하셨던 분, 맞죠?"

후는 자신에게 다가온 그 사람이 내 가족이라는 걸 알지도 몰랐다. 언니는 누가 봐도 나와 닮았으니까. 두 사람은 계단을 걸어올라 장례식장 뒤편으로 갔다. 언니는 동생이 원하는 게 어떤 것일까를 고민했고 자신이 할 수 있는 게 대리 고백뿐이라고 생각했던 것 같다.

"연지가 그쪽을 많이 좋아했어요. 우리 연지 기억해주세요."

나는 언니를 미워하지 않기 위해 언니 입장에서 생각해보려 애썼다. 어느 오후에 우리가 함께 장을 봐서 돌아갈 때 언니는 신이 나서 그림자 사진을 찍었다. 우리의 키가 실제보다 훨씬 커졌다면서 말이다. 어쩌면 그런 게 아닐까. 동생이 사라진 자리에 실체보다 더 긴 그림자가 있기를 언니는 바라게 된 게 아닐까. 오류를 범한 사람의 마음을 충분히 이해했기 때문에 나는 잘못 배달된 고백의 행방을 마음 졸이며 기다리는 심정이 되었다. 엄밀히는 내 것이 아닌 고백이었는데 언니에게서 어떤 감동 같은 걸 느꼈던 것이다. 설사 내 감정의 실제와 좀 온도 차가 있는 고백이라 해도. 언니가 후의 답을 기다리지 않은 것만이 천만다행이었다. 언니는 후에게 고개 숙여 인사하고는 어떤 틈도 주지 않고 장례식장 안으로 총총 걸어갔다.

후는 천천히 주차장 쪽으로 걸어갔고, 나는 그를 따라갔다. 후가 차 문을 열 때 나는 조수석에 앉았다. 앉고 보니 후가 연 쪽은 운전석 문이었다는 생각이 들었고 조금 우울해졌다. 그러나 의자에 등과 엉덩이가 닿는 느낌은 분명히 있었다. 내 안의 장기들이 약간의 밀도와 탄성을 회복한 것처럼 느껴졌다. 후는 등을 의자에 기대고 눈을 감았다. 잠이 든 걸까. 혹시 그날 나를 양재역 부근에 내려주고 나서도 이렇게 차를 세워놓고 잠들었을까? 나는 후가 서울에 볼일이 있어서 왔던 것인지 아니면 단지 나를 데려다주기 위해 왔던 것인지 궁금했지만 물어보지 못했다. 그와 나는 그날 오전 열한시쯤 이 차 안에서 악수를 하고 헤어졌다. 악수를 꽤 오래 했다. 내 인생에서 가장 긴 악수였다. 그저 가만히 잡고만 있었는데 아마 먼저 악수를 제안한 건 나였겠지만 누가 먼저 놓았는지는 잘 모르겠다.

그의 손을 쳐다보았다. 어느 정도의 안전거리를 지키려고 노력하면서. 내가 여전히 그와 대등한 하나의 물질임을 담보해줄 수 있는, 그 정도의 거리 말이다. 어쩌다 내가 그와 안전거리 안으로 줍혀들어가 내 손이 그의 손을 통과하기라도 한다면, 그래서 우리가 전혀 다른 시차를, 아니 계차를 갖고 있다는 걸 인정하게 된다면 많이 외로울 테니까. 내 몸이 어제보다 오늘 더 얇아졌고 내일은 더 얇아질 거라는 사실을 의심할 수는 없겠지만, 그렇다면 차라리 셀로판지 같은 것이길 바랐다. 투명해서 크게 방해되지 않지만 주홍빛이든 노란빛이든 색감 정도는 조금 달라지는. 이게 노력에 의한 재현인지 아니면 내 몸이 숨겨둔 감각을 기억해낸 건지는 모르겠지만 손바닥이 서서히 달뜨는 것 같았고, 노곤해졌다. 김과는 달랐다. 손의 온도와 마음의 온도 사이에 아무 필연성이 없다고 해도, 나는 따뜻한 손이 좋았다. 그러다보니 이런 생각이 드는 것이다. 어쩌면, 어쩌면 정말 내가 후를 그리워했던 건 아닐까? 죽고 나서야 그걸 인식했다면 운이 없는 편이지만, 이제 와서 어떤 온도를 상상하는 게 영 쓸모없는 일은 아닐 것 같았다. 눈을 뜬 후가 노래를 부르기 시작했으니까. 내게 선물로 준 노래, 그 노래를. 후가 정말 노래를 부른 걸까. 아니면 내가 잘못 들은 것일까. 그가 노래를 마쳤을 즈음 내 청각이 완전히 상실되었기 때문에 확인할 길이 없지만 나는 따라 불렀다. 후는 투명한 나와 노래를 함께 불렀다는 사실, 투명한 나를 길 위에 흘려뒀다는 사실도 모른 채 차의 시동을 걸었다. 그리고 멀어졌다. 나는 다시 분향실로 돌아왔다.

입관을 보지 않을 것 같았던 엄마가 일어나서 부랴부랴 신발을 신었다. 그 순간 나는 지금의 나와 영정 사진 사이에 어떤 관계도 없다는 걸 깨닫게 되었다. 내가 분향소 쪽에 주로 머물렀던 건 내 영정 사진이 거기 있어서가 아니라, 내게 바쳐진 국화들 때문이 아니라, 엄마 때문이었던 것이다. 엄마가 일어나 움직이던 순간, 엄마가 영정 사진에서 멀어진 순간, 내 안의 무게중심도 이동했다. 관 속에 누운 이를 볼 자신은 없었지만 엄마를 따라갔다. 지금까지 누구의 입관도 지켜본 적이 없었는데 그 처음이자 마지막이 나 자신의 모습이라는 것이 기묘했다. 이런 상황이 내게만 벌어진 오류가 아니라면, 많은 사람들이 관 속에 누운 자신의 얼굴과 대면하게 되는 걸 텐데 다들 이 과정을 거쳐 어디로 가는 것일까. 언니가 내 가슴에 손을 얹고 눈을 감고 펑펑 울었다. 아빠가 내 발에 두 손을 얹고 울다 가라앉은 목소리로 "잘 가, 우리 딸" 했다. 엄마가 내 손을 잡고 한동안 숨을 쉬지 않았다. 엄마는 형부가 부축해서야 내게서 분리될 수 있었다. 거의 뜯겨나가듯이. 이어서 윤과 슬이 인사했다. 둘 다 흐느꼈고 나는 그들이 그렇게까지 우는 걸 처음 보았다. 그리고 처음인 동시에 마지막이 될 거라는 걸 알았다.

내 몸과 충돌할 것도 없는 몸들을 굳이 조심스레 지나 더 앞으로 다가가면, 마침내 내가 마주하게 될 얼굴이 누구인지 짐작할 수 있었다. 거기에 내가 누워 있었다. 지금 내 손과 발을 사람들이 만질 수 있다는 것, 그들이 내 몸을 쓸어볼 수 있다는 것은 다행스러웠다. 그 몸짓을, 그 온도를 내가 느낄 수 있는 건 아니었지만 단지 보는 것만으로도 충분했다.

　나는 할머니 나무에 묻힌다고 했다. 삼 년 전, 삼촌의 과수원 한 끝에 할머니의 유골을 뿌렸다. 그때 사촌조카 하나가 이런 말을 했다. "할머니 키 커졌다. 할머니 혼은 구름에 가 있다." 그때보다 훌쩍 키가 자란 아이가 방금 버스에 올라탔다. 아이는 그 말을 기억할까. 내 혼도 구름에 닿을 수 있을까. 식구들, 윤과 슬까지도 모두 버스에 올라탔다. 버스가 굼뜨게 움직이며 누군가를 더 기다리는 것 같았지만, 나는 뒷걸음질을 쳤다. 버스 안에 망치를 든 남자가 타고 있는 게 보였다. 나를 똑바로 보고 있었다. 버스에서 나를 잡아당기는 힘이 느껴졌는데 그걸 끊어준 게 빗방울이었다. 비가 툭, 툭, 내리기 시작했다. 버스는 떠났다.

　부고의 궁극적인 수신자는 조문객도 유가족도 아니고 사망자 본인이라는 걸 나는 죽고 나서야 알게 됐다. 장례식장 2호실에서 이틀을 보냈고, 육개장을 먹었고, 입관까지 지켜봤지만 관 속에 누워 있는 게 나라는 것은 아직도, 완벽히 믿을 수 없다. 다만 몸의 죽음과 마음의 죽음 사이에 어떤 시차가 발생한다면, 그럴 수밖에 없는 이유가 있을 거라고 믿게 됐다. 어떤 진실은 그런 오차 사이에서만 피어날 수 있어서, 둔한 사람들에겐 단지 알아챌 시간이 좀 필요한 것이다. 외로운 사람들에게도 그런 시간이 필요하다. 언제 죽었는지, 왜 죽었는지를 알기 위해 복기하는 동안 내가 목격한 건 하나의 가능성이었다. 어쩌면 나도 누군가를 사랑했을지 모른다는, 그런 가능성 말이다. 그건 신축성이 아주 좋아서 나 하나쯤 꿀꺽 삼킬 수 있는 양말 같은 것이다.

　나는 여전히 초록색 신호등에 맞춰 길을 건너고, 비에 젖지 않기 위해 손으로 머리를 가리고, 길 위에 무언가를 흘리기도 하면서 걷는다. 이제는 냄새도 맡을 수 없다는 것, 그러니까 후각이 아주 죽어버렸다는 것만이 뭔가가 흘러가고 있다는 걸 확인하게 해줄 뿐. 확실한 건 어떤 몸 하나가 좀전에 불탔거나, 곧 불타게 될 거라는 사실이다. 나는 그 반대 방향으로 걸을 것이므로, 어떤 몸과 어떤 영혼 사이의 거리는 더 멀어질 것이다. 걷다보면 도로가 보이고, 도로 위에 두 세계가 충돌하면서 생겨난 파편들이 있을 것이다. 라이터나 머리끈, 페트병이나 과자봉지, 장갑이나 우산 같은 것. 골목길이나 환승 통로 같은 데서도 종종 발견되던 그런 물건들이 있을 수도 있고, 새와 여우, 고라니가 있을 수도 있다. 어떻든 그것들을 온갖 종류의 양말들로 부를 것이다.

부루마불에 평양이 있다면

부루마불에
평양이
있다면

집주인은 신분증을 요구하지 않았다. 혹여나 그랬다고 하더라도, 여자친구 이름으로 예약했는데 같이 오지 못했다고 하면 그만이었다. 내가 이선영이란 이름으로 투숙하는 데는 아무런 장애가 없었다. 주인은 '알리'라는 이름의 청년이었는데 나흘간 머물 손님의 국적을 조금도 의심하지 않는 눈치였다. 그렇지 않다면 장식 액자 하나 없는 방에 이런 광고지를 둘 리가 없는 것이다. 손바닥 크기의 광고지에는 'Gaeseong Pilot Condominium'이라는 문장이 적혀 있었다. 'Condos for Sale in Gaeseong, Now!'와 같은 표현도 있었다. 그 문장들을 '개성시범단지'나 '개성 아파트 분양'으로 해석하는 건 좀 어색한 일이었다. 번역기가 오작동한 것 같은, 그러나 그렇게 읽지 않을 방법이 또 없는, 그런 문장들이었다.

나는 이 개성이 그 개성이라고는 얼른 생각하지 못했다. 개성이란 지명이 어디 지구상에 하나겠는가. 말 그대로 '개성 있는 시범단지' 정도라면 모를까. 광고지 곳곳에 박혀 있는 '북한'이란 단어를 보고 나니 더 생소했다. 알리는 자기 집에 온 손님 중에 북한 사람으로는 '이선영이 처음'이라고 했다. 알리에겐 미안하지만 내 이름은 이선영이 아니었고 북한 사람은 더더욱 아니었다. 에어비앤비를 이용하는 북한 여행자가 있긴 있을까? 확실한 건 내가 이 집에 머물기 위해서는 북한 국적이 필요조건이었다는 점이다.

내가 하와이에서 며칠을 보내게 된 건 경품 당첨 항공권 때문이었는데, 오로지 1인 왕복 티켓인데다가 날짜도 10월 초로 고정되어 있어 동행을 구하기가 쉽지 않았다. 선영과 같이 가고 싶었지만 그녀는 휴가를 낼 수 없었다. 혼자 떠날 만큼 여행을 좋아하거나 하와이를 동경했던 건 아니었으나 무료 항공권을 허공에 날리기는 아까웠다. 차일피일 미루다가 출국을 일주일 앞두고 호텔을 알아보기 시작했다. 호텔들은 대부분 만실이었고 남아 있는 것은 너무 비쌌다. 이 무료 항공권이란 게 호텔측과 짜고 치는 고스톱이 아닐까 싶을 정도로 말이다. 선영은 에어비앤비 같은 공유 민박 사이트를 뒤져보라고 말해주었다. 그곳엔 1박에 사십 달러가 채 되지 않는 숙소가 남아 있었다. 호놀룰루 공항과 돌 파인애플 농장 사이에 위치한 곳이었는데, 교통은 딱히 좋다고 할 수 없었지만 차가 있으면 문제될 게 없었고 무엇보다도 가성비를 고려하면 선택의 여지가 없었다.

사이트에서 예약 신청서를 전송한 지 삼십 초 만에 집주인으로부터 쪽지가 날아왔다. 낙원에 오게 된 걸 환영한다며, 자기 이름은 알리라고 했다. 감사 인사를 보내자 곧이어 두번째 쪽지가 왔는데, 그날 몇시쯤 숙소에 도착하는지 알 수 있느냐는 거였고, 연이은 세번째 쪽지는 혹시 자신이 그날 일이 있어 당신을 환영하지 못한다면 당일 아침에 현관문의 비밀번호를 문자로 보내주겠다는 거였다. 며칠간 나는 알리와 쪽지를 주고받았다. 주차장 유무라든지, 선호하는 커피, 수건 제공 여부와 같은 평범한 대화였다. 목장 투어를 하겠느냐, 이웃 섬도 방문하느냐, 일행이 있느냐, 그런 질문들과 거의 동급의 무게로 날아온 질문이 'North, or South?'였다. '남이냐, 북이냐'라니, 나는 새삼스러운 기분을 느끼며 'South'를 선택했다. 서울에서 태어나 근교에 살고 있다고도 덧붙였다. 이 대답에 무슨 문제가 있다고 생각하진 못했지만 그 쪽지를 보낸 후 돌연 예약이 취소되었다. 취소 사유는 급한 보수 공사였는데 타이밍이 영 수상했다. 그보다는 내가 남한 사람인 게 진짜 취소 사유 아닐까 의심스러웠다. 출국까지 사흘이 남은 시점, 다른 숙소들은 그럴 줄 알았다는 듯이 그새 값이 더 치솟아 있었다.

내가 어쩌자고 새로운 계정을 만들기 시작했는지는 모르겠지만, 여자친구의 이름으로 같은 사이트에 가입한 후 알리의 집으로 예약 신청서를 보내는 데는 그리 오랜 시간이 걸리지 않았다. 숙박 일정은 똑같고 예약자 이름만 다른 예약이었는데 삼십 초 만에 알리에게서 승인 쪽지가 날아왔다. 보수 공사니 뭐니 하는 내용은 전혀 없었다. 곧 똑같은 질문들―그러니까 몇시쯤 숙소에 도착하는지, 혹시 목장 투어를 할 것인지, 일행이 있는지 아니면 혼자 오는 것인지 등등―이 이어졌다. 그리고 마침내 'North, or South?'에 이르렀다. 문제의 '남이냐, 북이냐'가 튀어나올 때까지 내가 거쳐온 과정은 이선영이 아닌 곽도일의 이름으로 예약했을 때와 똑같았다. 다만 숙박 날짜가 임박한 만큼 시간이 세 배쯤 단축되었을 뿐이다. 가지 않은 길을 선택하면 어떤 결과가 오는지 보자는 심산으로 이렇게 적어 보냈다.

'North'

이후 별다른 답이 오진 않았지만 떠나는 시점까지 예약이 취소되는 일도 없었다. 나는 그렇게 이선영이라는 이름의 북한 남자가 되었다.

하와이에서의 나흘은 금방 지나갔다. 서핑을 배워볼까 했지만 결국 아무것도 시도하지 못하고 그저 오아후섬을 차로 한 바퀴 돌아본 게 전부였다. 선영과 함께했던 휴가들이 떠올랐다. 대부분 그녀가 하라는 대로 따르기만 하면 됐다. 함께였다면 지금 뭘 하고 있었을까. 선영이 노스쇼어의 새우 트럭 얘기를 했던 게 떠올라서 그쪽으로 차를 몰았다. 새우 트럭이 하나가 아니라 군락을 이루고 있다는 게 차에서 내리기 전부터 나를 당혹스럽게 만들었다. 선영은 카톡으로 원조 새우 트럭의 사진을 보내줬고, 그런 건 선영이 좋아하는 일이었다. 그때마다 원조 논쟁도 다 상술이라며 선영 말대로 '초를 치는' 게 내 몫이었는데, 어쩐 일인지 나는 카톡으로 날아온 한 장의 사진에 집착하고 있었다. 평소 지론대로 아무거나 먹으면 될 것을, 굳이 원조를 찾아다녔던 것이다. 결국 원조로 짐작되는 곳에서 한 접시를 먹었고 자랑스럽게 인증샷도 찍었다. 선영이 그걸 보고 기특해할 줄 알았는데 돌아온 반응은 그런 게 아니었다.

"원조 아니잖아."

이런 상황들은 이번 여행이 목적지가 아니라 경유지, 본 행사가 아니라 답사인 것 같은 느낌을 주었는데 그래도 몇몇 순간은 꽤 괜찮았다. 이를테면 알리와 나눈 몇 병의 맥주 같은 것. 알리는 자신을 수학자라고 소개했지만 그를 먹여 살리는 건 부동산인 듯했다. 오아후섬에만 집이 다섯 채라고 했으니까. 그는 고개를 절레절레 흔들면서 이렇게 말했다.

"수학은 공식이 있지만, 부동산은 운이죠. 집값은 아무도 몰라요."

그는 내가 북한 어느 지역 출신인지 알고 싶어했는데, 내가 개성을 고향으로 삼은 건 아마도 광고지에서 읽었던 'Gaeseong'의 영향이었을 것이다. 사실 나는 개성이 어디에 있는지도 정확히 몰

랐다. 그저 서울을 기준으로 평양보다는 거리가 가깝다는 정도만
알 뿐, 지도 위에서 개성을 제대로 짚어낼 수 있을지도 의문이었
다. 알리는 내게 방에 있는 그 부동산 이슈를 읽었느냐고 물었다.
나는 북한의 부동산 시장에 대해 별로 조언해줄 말이 없었으므로
화제를 급히 돌리고 말았는데 어쩌면 그마저도 북한 특유의 비밀
스럽고 방어적인 분위기로 해석될 수 있었다. 마지막 밤이었다.
내가 말이 없어지자 그는 오히려 말이 많아졌고, 내 착각일 수도
있지만 조금 다급해 보이기까지 했다. 알리의 말이 점점 빨라진
나머지, 어느 순간부터 내가 알아들은 건 맨 앞머리의 'You have
to'뿐이었다. 잘 알아듣지 못했다며 되묻자 그는 한번 더 힘주어
말했는데 이번에도 'You have to'를 너무 강조한 나머지 그 뒷말
이 모두 아득해졌다. 알아들은 건, 내가 뭘 해야만 한다는 사실이
었다.

　나는 북한은 물론이고 분양에도 문외한이었다. 분양이라니, 그
건 읽거나 들어도 머릿속을 그냥 통과하는 말 중 하나였다. 어릴
때 미분양 아파트에 들어갔던 게 유일한 '분양' 관련 기억이었다.
아홉 살 때였나. 서울에서 살다가 경기도의 미분양 아파트로 이사
를 왔던 것이다. 당시만 해도 나는 미분양이 아파트의 이름인 줄
로만 알아서 한동안 미분양 아파트에 산다고 떠들고 다녔다. 그런
데 이제 북한과 분양, 그 생소한 두 단어를 동시에 생각해보게 된
것이다. 구글맵을 열어보았다. 내가 개성이라고 짐작하던 지점이

실은 개성이 아니라 파주였다는 사실을 확인할 수 있었다. 알리가 내게 뭘 해야 한다고 한 건지는 알 수 없었지만 나는 그 북한 분양에 관한 정보를 챙겨두기로 했다. 개성신도시라니, 그건 정말 부루마불적인 상상력 아닌가. 귀한 정보라기보다는 재미있는 농담처럼 느껴졌는데 그렇다고 광고지를 가방에 넣기는 좀 찜찜했다. 혹시 출입국 때 불미스러운 일을 유발할지도 모른다는 막연한 불안감 때문이기도 했고, 요즘엔 그럴 필요가 없기 때문이기도 했다. 휴대폰을 꺼내 광고지의 문구가 흔들림 없이 찍히도록 조준했다. 그렇게 사진으로 북한과 분양을 모두 담았다.

"디톡스는 잘했어? 나 뼈빠지게 일하는 동안?"

선영은 내 공백이 무척 도드라지는 것처럼 말했다. 우리가 평균적으로 이 주에 한 번씩 데이트하고 있다는 사실을 잊은 것인가. 면세점에서 일하는 선영은 격주로 주말 근무를 했기 때문에 우리는 이 주에 한 번씩 만나왔고, 그러니까 내가 하와이에 다녀온 4박 6일은 사실 우리의 데이트 주기에 별 영향을 끼치지 못했다는 게 내 입장이지만, 선영의 계산법은 달랐다.

나는 일단 면세품 뭉치부터 그녀에게 전달했다. 생각해보면 혼자만의 디톡스 여행이 아니라 선영의 심부름을 하고 온 거나 마찬가지였다. 겨우 21인치 캐리어 하나를 들고 갔을 뿐인데, 공항에서 선영이 내 이름으로 주문해둔 면세품을 찾았을 때 그것이 거의 쌀가마니 하나에 달하는 크기임을 알고 기절할 뻔했다. 내가 배낭 하나 달랑 메고 가겠다고 했을 때 왜 그녀가 캐리어를 챙기라고 했는지 알게 되는 순간이었다. 그걸 다 이고 지고 바다를 건너온 내게 이런 대우는 부당했다.

"지혜 결혼한대, 봄에."

내게 뭔가 불만이 있을 때마다 선영의 주변 사람들은 전염병 돌 듯 결혼했다.

"지혜가 누구지?"

내 말에 선영은 언제 자기 친구들한테 관심이나 있었냐는 식으로 받아쳤다. 선영은 친구 중 누구는 위례신도시에 신혼집을 구했고, 누구는 미사를 선택했으며, 누구는 동탄2를 뚫었다고 말했다. 이 모든 게 다 이 주 만에 벌어진 일이라니, 선영의 이야기는 이미 시간을 초월해서 편집된 게 분명했다. 대부분 알아서 걸러 듣곤 했는데, 이상하게도 이번에는 선영의 말들이 귓가에 맺혔다. 분양가가 어쩌고, 도로가 연장돼서 어쩌고, 초등학교 두 곳이 생기고 어쩌고, 이런 식의 이야기들이 또렷하게 들린 것이다. 나는 성남에 살고 있었는데 선영이 말하는 지명들은 내게도 낯설지 않은 것들이었다. 내 주변에서 분양이 늘 벌어지고 있다는 사실이 새삼스러웠다. 자주 언급되는 몇몇 단어들도.

"초품아, 가 뭐라고?"

"초등학교 품은 아파트라고."

선영이 설명 끝에 "우리도 관심 좀 갖자"라고 덧붙였기 때문에 나는 그 개성시범단지를 떠올릴 수 있었다. 휴대폰 속에는 그 놀라운 분양 소식이 들어 있었다. 그 화면을 선영에게 들이밀었다.

"이거 봐봐, 분양가가 평당 팔십이래. 우리도 신혼집 계약할 수 있는데, 그치?"

선영의 눈이 동그래지기를 바랐지만, 선영은 크게 관심을 보이지 않았다. 내가 신혼집이라는 말에 방점을 찍었음에도 불구하고.

"평당 팔십? 평당 팔백이겠지."

"평당 팔십 맞아. 개성시범단지라고, 이거 진짜 깜놀할 얘긴데."

"계성?"

"개성. 개성공단, 할 때 개성."

"북한?"

"거기에 개성신도시가 들어선다는 거야. 그중에서도 이게 개성힐스라고, 시범단지의 노른자위에 있는 건데……"

선영이 내 말을 끊고 말했다.

"미친 거야?"

"부루마불 게임 같은 느낌이라 재미있지 않아? 거기에 막 개성도 있고 평양도 있고."

"부루마불에 개성이 어디 있었어, 평양이 어디 있었냐고."

"없었다고? 마닐라 옆에 평양 아니었나?"

"와…… 신혼집이 북한이라니 말 다 했네. 이젠 분단 현실 때문에 안 된다는 거구나. 통일이 되어야 가능한 거야, 그치? 결국 우리 결혼은 이 땅에서는 불가능하다는 얘기네. 싫으면 싫다고 하지. 됐어."

"아니, 그런 얘기가 아니라."

왜 개성신도시 이야기를 꺼냈는지는 나도 설명할 수 없지만, 난 그저 이 여행에서 가장 인상적이었던 퍼즐 하나를 공유하고 싶었을 뿐이다. 부루마불 게임을 하던 시절처럼 말이다. 그러나 그 선택은 독이었다. 선영은 냅킨으로 입을 야무지게 닦고는 자리에서 일어났다. 그리고 걸어나갔다.

"야!"

내 외침은 그게 전부였고,

"왜!"

그녀도 이게 전부였다. 곰곰이 생각해보면 선영이 왜 화를 냈는지 알 것도 같았다. 내가 자신을 놀린다고 생각했겠지. 아니면 정말 이제는 남한이 아니라 북한까지 고민해봐야 하는 우리의 상황이 짜증스러웠을 수도. 선영은 그날도, 다음날도, 전화를 받지 않았다. 그녀가 전화를 받지 않은 기간이 겨우 이틀인 건, 그 이후로 나도 전화를 하지 않았기 때문이다. 내 번호가 구질구질하게 흔적을 남기는 것이 싫었다. 싸우는 주기가 잦아지고 있었다. 선영과 나는 구 년을 사귀었다. 그건 '왕자와 공주는 행복하게 살았습니다'로 끝나는 동화처럼 결말일 때 의미가 있는 문장이었다. 그러나 선영은 자꾸 그걸 맨 앞에 두려고 한다. 우리는 구 년을 사귀었다. 그래서, 그러므로, 그러니까, 그런데, 그럼에도 불구하고……자꾸 그다음 문장을 기다리는 거다.

개성신도시 얘기가 전혀 쓸모없는 건 아니었다. 의외로 그 얘기는 회사 구내식당에서 통했다. 점심시간은 열두시부터였다. 팀장이 들어간 회의실 문은 아직 닫혀 있었다. 거긴 마치 밀폐용기 같았다. 저렇게 꽉 막혀 있다가 어느 순간 갑자기 '기압 차'라고밖에 설명할 수 없는 소리를 내면서 열리는 것이다. 열두시 십일분, 십팔분, 그리고 삼십오분이 지나갈 무렵 회의실 문이 열렸다. 몇 사람이 쏟아져나왔고 서둘러 출구를 찾아 빠져나갔다. 팀장이 자신의 자리로 돌아갔다가 다시 걸어나오는 게 보였다. 이제 내가 나설 차례였다. 나는 재빨리 팀장 옆으로 다가가 합류했다. '오래 기다렸습니다'와 같은 인상을 주는 건 별로였다. 그렇다고 '방향이 같으니 같이 가시지요'라는 식도 곤란했다. 요는, 팀장이 내 존재를 인식하되 내 동행에 부담을 느끼면 안 된다는 거였다.

상사와 같이 밥 먹기는 아주 섬세한 촉수가 필요한 일이었다. 일단 회의가 언제 끝날지 모르는데 계속 기다려야 하며, 회의가 끝나고 팀장이 외부로 나가는 일도 허다하기 때문이다. 그랬다가 팀장이 점심시간 끝나기 오 분 전에 돌아오는 수도 있어서 끈을 아예 놓아버리기도 애매하다. 빵을 목구멍에 밀어넣고 그 위로 우유를 들이붓는 한이 있더라도 기다려야 한다. 나는 팀장의 불규칙한 점심을 기다려야 하는, 준비된 규칙이었다.

부서장에게 최고의 조력자란 결국 같이 밥 먹어주는 사람 아니겠냐고, 내게 이 업무 아닌 업무를 주던 선배는 말했다. 아마도 선배는 그 팀장의 충직한 오른팔이었거나 아니면 팀장의 고독을 불쌍히 여긴 게 분명했다. 선배는 내게 그런 말을 남긴 후 몇 달 지나지 않아 다른 팀으로 자리를 옮겼지만 나는 여전히 점심시간이 나의 효용을 입증할 수 있는 시간이라고 믿고 있다. 이제 업무라기보다는 습관에 가깝고 습관이라기보다는 신념에 가깝다.

사실 팀장이 함께 먹을 사람이 없겠는가. 적게는 세 명, 많게는 열 명도 넘는 사람들이 팀장의 속도를 고려하며 밥을 먹었다. 그중에 하나가 나였고, 지금까지 팀장과 단둘이 밥을 먹은 적은 없었다. 그러나 풍요 속의 빈곤이란 것이 있기 마련이어서 늘 팀장의 식사 짝꿍들이 건재할 수는 없는 거였다. 피치 못할 출장, 회의, 약속, 인사이동, 여러 변수가 있을 테고, 그러다보면 팀장 혼자 밥을 먹는 순간도 오게 되는 것이니. 바로 오늘 같은 날 말이다.

메뉴는 개성 손만둣국과 해물된장찌개였는데 인기가 있었던 개성 손만둣국은 이미 동이 나 우리에겐 선택권이 없었다. 팀장은 해물된장찌개를 앞에 두고서, 받지 못한 만둣국에 대한 이야기를 했다.

"주방에 새로 오신 분이 개성 출신이라지? 최근에 이북식 메뉴가 많아진 게 그 때문이고."

나는 처음 듣는 얘기였다. 팀장은 그래서 사람들이 북한 지명 들어간 메뉴가 나오면 무조건 그걸 선택한다고 했다. 팀장은 구내식당 주방장들의 출신지에 관심이 많았다. 전라도가 세 명, 경상도가 한 명, 충청도가 한 명, 그리고 서울과 경기도 두 명.

"일부러 지역 안배를 하는 건가요?"

"그렇다면 강원도와 제주도가 섭섭하겠지. 아무튼, 개성 출신 주방장의 손이 이만하다더군. 아쉽게 됐네."

어쨌거나 우리가 먹는 건 개성 손만둣국이 아니었다. 팀장은 놓친 물고기에 대해 말하는 걸 좋아했다.

"어머니가 이북 분이셨거든. 만둣국을 좋아하셨는데. 그게 생각나서 말이야."

"개성 분이셨어요?"

"아니, 함경도 쪽. TV에 북한 관련 뉴스가 나오면 그렇게 좋아하셨어. 핵실험이라든지 하는 삭막한 뉴스여도 말이야. 이 년 전에 돌아가셨네."

이야기는 자연스럽게 개성공단과 개성신도시까지 흘러갔다. 팀장은 매끄러운 흐름이라고 생각했겠지만, 사실 내 혀 아래에서는 수많은 말들이 열심히 노를 젓고 있었다. 최대한 공백 없는 대화를 위해서 말이다. 팀장은 개성신도시 얘기에 반응을 보였다.

"재미있는 얘기군. 하긴 개성공단 얘기가 처음 나왔을 때도 모두 놀랐지. 개성신도시 분양이라고 안 될 게 뭐 있겠나. 이렇게 하나하나 물꼬를 터가는 거야. 어머니가 계셨다면 엄청 관심을 가지셨을 걸세. 그, 뭐라고? 개성 힐스?"

팀장은 즐거워 보였다. 그가 집에서 저녁을 먹다가 식구들에게 개성시범단지 이야기를 꺼내는 장면을 상상하니 뿌듯했다. 어쩌면 곧 나를 따로 불러 이야기를 더 해달라고 할 수도 있었다. 동료 팀장에게 "저 곽도일이란 친구, 참 웃겨!" 하며 유쾌한 표정을 지을지도 몰랐다. 나는 그날 밤부터 북한 분양에 대한 정보들을 좀 더 찾아보려고 했지만, 그 과정에서 가장 먼저 보게 된 게 2011년엔가 삼천 명이 사기를 당한 사건이었다. 민통선 부근 평당 팔백 원짜리 땅을 뻥튀기해서 판 거였다. 개성신도시에 관한 내용은 딱히 찾을 수 없었는데 너무 쉽게 나돌고 있어도 이상하다는 생각이 들었다. 우스운 건 이게 구글에서 영문으로 검색하면 좀 보였다는 것이다. 전 세대 선착순 동·호수 지정, 개성 힐스로 시범단지를 선점하라, 2021년 10월 입주…… 그건 마치 내가 그 정보를 알아본 게 아니라 그 정보로부터 선택을 받은 것 같은 느낌으로 다가왔다. 내가 취한 능동적인 행동이 있다면, 그걸 열심히 메모했다는 것이다.

개성신도시의 모델하우스가 용인에 있다는 건 의외였다. 분양

현장에 가볼 수 없는 건 당연한 얘기겠지만 그래도 모델하우스에
가는 길이 집을 나와서 적어도 북측 방향이지 않을까 그런 생각을
막연히 하고 있었다. 그러니까 파주나 연천 즈음이라면 또 모를
까. 아니면 김포나 일산 정도. 용인시 처인구라니, 개성신도시의
모델하우스에 가기 위해 나는 오히려 남쪽으로 움직인 셈이다.

'개성시범단지의 시작-개성 힐스'라는 작은 푯말을 발견하기
전까지 십여 개의 비슷한 모델하우스를 지나쳤다 선영이 그렇게
분양 중계를 해댈 때도 흘려들었는데 내가 너무 눈과 귀를 닫고
살았을 뿐, 정말 많은 아파트가 세워지고 또 사람들이 그걸 낚아
채는 모양이었다. 이렇게 많은 아파트가 생기는데도 여전히 입주
할 사람들이 남아 있다는 것이 마술처럼 느껴졌다. 칠천 세대, 삼
천 세대, 이천 세대…… 그렇게 대용량으로 묶이지 않으면 불안
해지는 사람들이 많은 건가.

모델하우스 오픈 시간이 아홉시 삼십분이었고 내가 도착한 시
간은 열한시 삼십분이었는데, 이미 사람들이 건물의 세 면을 감싸
며 길게 늘어서 있었다. 귀한 정보로부터 선택을 받은 이들치고는
꽤 많았다. 아마 오다가다 여기가 북한인지 북한강인지도 모르고
놀러온 뜨내기들도 섞여 있을 것이다. 가족 단위로 온 사람들도 있
었고 연인이나 부부로 보이는 사이도 있었다. 선영 말대로 모델하
우스가 재미있는 데이트 코스의 하나라도 된 모양이었다. 사실 지
난밤에 선영에게 전화를 걸었지만 그녀는 받지 않았다. 결국 나는

여기에 혼자 왔지만 좀 어색하긴 해도 외롭진 않았다. 생각해보면 이건 업무의 연장 같은 거니까, 선영보다는 팀장을 고려해서.

두 시간 후 나는 모델하우스 안으로 들어갈 수 있었다. 일단 번호표부터 한 장 뽑았다. 489번이었고 내 앞에 이백 명의 사람들이 있었다. 인터넷으로는 아무 정보를 얻을 수 없으니 뭔가를 알려면 489번의 차례가 될 때까지 기다려야 하는 것인데 이런 기다림이 내게 묘한 안정감을 준다는 게 의외였다. 기다리면 순번이 오고 동선이 정해진다는 게 편안했다. 심리적으로는 거의 반나절쯤이 지났을 때 전광판에 489번이 떴다. 상담 창구로 가서 물어본 첫 질문이 뭐였는지는 나 스스로도 요약할 수 없을 만큼 장황했는데 상담원은 그중에서 단어 하나를 낚아채고는 이렇게 말했다.

"고객님, 통일이 아니고 그냥 분양입니다."

"아, 그렇죠. 그런데 이게 북한에 있는 아파트잖아요. 이런 게 가능한 건가요? 그럼 통일이 되기 전에는 제가 입주를 못하는 거 아닌가요?"

"통일과 별개의 개념으로 생각하셔야 합니다. 통일은 우리가 장담할 수 없는 거잖아요. 고객님이 분양받으셨는데 통일이란 호재가 생기면 그야말로 대박 나는 거고요. 다만 시일을 장담할 수 없지요. 예를 들면 2021년에 입주를 시작하시면 입주 시점에 맞춰서 유치원이 두 곳 생기고, 2024년에 쇼핑몰이 들어서고, 2025년에 모노레일이 뚫린다는 건 말씀드릴 수가 있는데요. 통일이 언제

올 지는 아무도 모르죠. 저희가 약속드릴 수 있는 건 설사 통일이 얼른 오지 않더라도 집값은 무조건 뛴다는 거예요. 일만오천 세대입니다. 이만한 대단지 보셨어요? 이 정도면 개성 힐스 자체가 하나의 도시거든요. 당연히 남측 건설사에서 짓는 거고요. 고객님이 입주하실 수는 없지만 투자를 하실 수 있어요. 투자는 통일과 관계없이 가능하죠."

"청약 통장이 있으면요?"

그렇게 말하자 상담원이 반색을 했다.

"어머, 청약 통장이 있으세요? 기간은 얼마나 됐어요?"

"한 십 년 됐을 텐데."

"그럼 그건 잘 간수하셨다가, 나중에 여기서, 그러니까 남한에서 쓰시고요."

"남한 어디요?"

"어우, 고객님. 요즘 많잖아요. 요 맞은편에 쭉 다 분양사무소예요. 하지만 저희는 청약 통장과는 관계가 없어요. 자, 보세요."

내가 이해한 바로는 이랬다. 북한에서는 이미 외국인들의 아파트 투자가 알게 모르게 진행되어왔고, 그 역사는 꽤 오래되었다. 해외에 있는 북한 사람들은 물론이고 외국인들, 그리고 발 빠른 남한 사람들도 북한의 아파트 분양에 관심을 갖고 있다. 다만 북한 사람이 아니면 집을 구매할 수 없기 때문에 주로 타국에 나와 있는, 혹은 자주 드나드는 북한 사람의 명의를 이용하는 것이다.

나처럼 이런 일에 무감한 사람들은 DMZ를 우리 영토의 말단처럼 느끼고 있지만 사실 그곳은 말단이 아니라 심장부다. 지금은 한반도의 한가운데를 허리띠처럼 졸라매고 있지만 그 허리띠가 느슨해질 때가 오면 그 일대는 가장 뜨거운 개발 지역이 되는 것이다. 그래서 어떤 사람들은 벌써 파주며 연천이며 포천의 땅을 사들이고 있다.

"적절한 북한 입주자를 저희가 연결해드려요. 입주하고 싶어하는 북한 주민들은 무척 많으니까 염려하실 거 없어요. 말이 잘 통하는 사람들이고 대리인이라고 생각하시면 돼요. 결제도 달러나 위안화로만 이루어지는데 그것 역시 저희가 다 진행해드려요. 기존 분양들과 다른 점이 있다면 처음에 모든 금액을 완납하셔야한다는 겁니다. 고객님 어떤 타입 생각하세요? 45평형, 38평형, 27평형. 세 타입 있고요. 분양가는 지금 보시면 아시겠지만, 평당 팔십 책정되어 있습니다. 거기에 발코니 확장 비용과 옵션 다섯 가지, 이건 별도고요."

"어떤 평형이 가장 인기 있어요?"

"지금 45평형 A타입은 벌써 마감이에요. 북한에서는 소형 평형을 꼭 고집하실 필요 없어요. 북한 사람들은 큰 집에 대한 열망이 있거든요. 45평형 B타입도 로얄층은 벌써 마감이 임박했고요."

그렇게 설명하던 상담원은 막상 내 예산을 확인하고 나서는 얼른 노선을 바꿨다. 전체 금액을 다 완납해야 한다면, 옵션까지 고려한다면, 내 경우엔 38평형도 조금 벅찼다.

"소형 평형의 인기는 전 세계적인 추세죠. 게다가 여기 27평형은 구조가 크게 빠져서 괜찮으실 거예요. 서비스 면적이 이렇게나 큰 경우는 드물어요. 여긴 현관에서 부엌 쪽으로 바로 연결되는 팬트리고요. 자, 여기는 발코니 확장이 되면 이만큼 넓어지죠. 여기는 이제 골프채라든지, 자전거라든지, 요즘 레저 활동들 많이 하시잖아요. 유모차나 뭐 웬만한 건 다 집어넣을 수 있어요."

상담원은 평면도 위에서 이리저리 화살표를 그려댔다. 국경 몇 개쯤은 고무줄놀이하듯 가뿐히, 지구 어디라도 갈 수 있을 듯한 움직임이었다.

"혹시 이게 불법은 아닌가요? 그러니까 우리나라 정부에서도 허가한 건지?"

"허가하고 말고 할 게 없어요. 너무 고리타분한 생각을 갖고 계신 것 같은데, 투자를 누가 막아요. 캐나다 사람도 사고, 쿠바 사람도 사요. 문제는 당첨 여부죠. 경쟁률 보셨죠? 저흰 백 퍼센트 추첨제거든요."

상담원이 중간에 목이 갈라진 소리를 냈기 때문에 좀 미안해질 지경이었다. 상담원은 내부를 보지 않겠느냐고 했지만 나는 더 머물 여력이 없었다. 팀장과의 점심식사에 써먹을 만한 정보는 이미 충분했다. 아니, 그 이상이었다.

"저, 상담하러 오는 사람들이 대부분 이산가족들인가요?"

내 말에 상담원이 웃음을 겨우 참는 것처럼 보였는데, 어찌 보면 오히려 화를 삭이는 표정처럼 보이기도 했다. 그녀는 이렇게 말하는 것으로 내 질문에 대한 답을 대신하려 했다.

"국가 차원에서 하지 못한 그 어려운 일을, 분양은 해냅니다."

어딘가 기시감을 주는 말투였는데 그곳을 벗어나고 나니 출처가 떠올랐다. 이미 종영한 드라마 속에서 송중기가 쓰던 말투였다.

모델하우스 밖으로 나오자마자 나는 표적이 되었다. 선캡 쓴 아주머니 한 분이 다가와서 '할 거냐'고 묻더니, 내가 망설이는 걸 보고는 옆구리를 쿡 찔렀다.

"엄청 왔다 갔어요. 이번 주말이 마지막인 거 알죠? 다들 통일을 생각하고 하는 거지. 언젠가는 될 거 아니야, 언젠가는. 내 대가 아니면 후대에서라도. 아니, 해외 투자도 하는 판에 뭘 망설여요."

내가 얼른 반응을 보이지 않자 이렇게 몰기도 했다.

"아저씨, 설마 통일이 영영 안 된다고 생각하는 거예요?"

"그건 아닌데요. 빨리 될까요?"

"빨리?"

"내후년이라든지."

나는 실없는 소리를 했다. 내년은 너무 코앞이었고, 내후년쯤이면 가능하지 않을까, 그런 생각이 들었던 것이다. 당연히, 선영과의 결혼이었다. 아주머니는 "아아, 급하시구나" 하더니, 이렇게 말했다.

"통일이 되든 안 되든, 피 받고 팔면 되는데 뭘."

"피요?"

"프리미엄 최소 오천은 순식간에 붙을 거라고요. 일단 넣어보고, 되면 여기로 연락 줘요. 잘해드릴게."

명함이었다.

"정보도 묵히면 똥 되닦니다! 할 거면 빨리 해야지요. 거기가 터가 좋아서, 그렇게 묻힌 게 많다고 하잖아요. 골동 같은 거. 개성공단 세울 때 엄청 파갔대요. 그런데도!"

그 대목에서 아주머니는 재빨리 목소리를 낮추고 말했다.

"아직도 많대!"

아주머니를 벗어나자 이번에는 깡마른 청년이 다가와 서류철을 들이밀었다.

"독립운동가 생가 터 회복운동을 하고 있어요. 서명 좀 부탁드립니다. 십 초면 되는데요."

너무 생소한 정보들로 인해 이미 지칠 대로 지친 나는 그를 그대로 지나쳤다. 청년은 자신을 외면하는 사람들을 향해 소리치고 있었다.

"여러분, 개성을 이런 식의 개발 논리로 접근해서는 안 됩니다. 개성 힐스가 들어설 자리엔 독립운동가들의 생가가 있었어요. 그걸 그냥 허물다니요. 여러분, 역사를 저버리면 안 됩니다! 서명 부탁드립니다.”

청년이 내 쪽으로 다가올 때까지만 하더라도 그가 계속 서명을 권하는 줄 알고 몸을 사렸는데, 그도 귀가하는 모양이었다. 이 순간만큼은 그나 나나 같이 버스를 기다리는 처지였다. 어색했다. 서명을 한 이들은 거의 없어 보였다. 먹고살기 힘든 판에 생가 터라니! 어차피 모든 집에서 누군가는 태어나고 누군가는 죽는 것 아닌가. 버스가 왔고, 나와 그는 마치 무게중심을 잡으려는 사람들처럼 멀찍이 떨어져 앉았다.

한참 후에야 그 청년이 했던 말들, 개성 주변은 유네스코 세계문화유산으로 지정할 가능성도 있을 만큼 고풍스러운 곳이라거나, 개성은 단지 아파트촌이 되기에는 너무 아까운 보고라든가, 역사적으로 좋은 기관을 들여야 할 자리라든가, 이런 말들이 다시 머릿속에서 재생되었는데 우습게도 그 말의 의도와는 정반대의 효과를 내고 있었다. 투자처로서의 개성에 대한 확신을 키워주었던 것이다. 모델하우스에서 받아온 쇼핑백 안에는 ‘대동강물’이라고 적힌 생수 한 병과 ‘개성-평양-신의주 고속도로’라고 적힌 두루마리형 키친타월 두 개가 있었다. 키친타월을 둘둘 풀어보았다. 적당히 도톰하고 적당히 길게 이어졌다.

대동강물과 키친타월은 내 휴대폰 안에 몇 장의 이미지로 남았다. 점심 메뉴가 무엇이든 간에 이걸 보여준다면 팀장이 흥미로워

할 것 같았다. 그러나 팀장과 단둘이 점심을 먹을 기회는 좀처럼 오지 않았다. 나는 주로 여섯 명 중의 하나거나 네 명 중의 하나에 불과했다. 누군가가 견제를 하고 있는지 며칠간은 외부 일정으로 회사에서 점심을 먹을 기회조차 갖지 못했다. 팀장과 얼굴을 마주칠 기회가 있었지만 그는 조금 우울해 보였고, 바빠 보였고, 내가 개성신도시라든지 그 만오천 세대 대단지에 대한 이야기를 할 틈은 어디에도 없었다. 하룻밤의 꿈처럼, 내가 개성신도시를 잊을 만한 상황들이 계속되었다. 그중 하나는 팀장이 거의 좌천에 가까운 인사이동을 당했다는 소식이었다. 개성신도시에 관심을 보였던 그 팀장 말이다. 그가 가고 곧 다른 팀장이 왔지만, 나는 이제 누구의 점심도 기다릴 엄두를 내지 못했다. 김이 빠진 콜라처럼 변해버렸다고나 할까. 거기에는 여전히 애매한 상태로 놓여 있는 내 구 년 연식의 연애도 한몫했다. 이렇게 오래 서로 연락하지 않은 건 거의 처음이었다. 어찌되었건 나는 이제 누구의 동선도 살피지 않고, 그저, 점심시간이 시작되면 식당으로 걸어가게 되었다. 점심은 이십 분이면 충분히 먹기 때문에 책상 앞이나 변기 위에서 짧은 졸음을 누릴 시간도 생겼다. 예전 같으면 상상할 수 없었던 점심시간이었고 그 공백이 다소 어색했다. 누군가에게 전화를 걸기에도 충분한 시간이었지만 상대방이 받지 않을까봐 겁이 났다. 결국 관심이 있는 것을 검색하거나, 관심이 없는 것에 낚이거나, 그런 식으로 휴대폰을 들여다보는 게 내 점심시간의 한 패턴이 되었다.

개성 힐스가 다시 내 앞에 나타난 건 모델하우스를 방문했던 날
로부터 이미 한 달이 지난 후였다. 당연히 분양 일정도 끝났을 시
점이었는데 정확한 날짜는 가물가물했다. 그 이야기의 소비자랄
까 고객이 사라졌기 때문에 더이상 유효하지 않은 화제였고, 나도
자연스레 개성 힐스를 잊고 있었다. 그러다 TV에서 '개성 힐스'가
나오는 것을 보고 깜짝 놀랐다. 사천원짜리 즉석 비빔밥을 조리법
대로 따라 하던 중이었다. 나는 전자레인지에 밥을 넣고 얼른 TV
앞으로 가서 앉았다. 경기도 용인의 한 모델하우스에서 화재가 발
생했고, 그 분양을 반대하던 한 대학생의 방화였다는 말이 흘러나
오고 있었다. 불은 건물 입구의 담벼락 일부를 태웠을 뿐 금방 꺼
졌다고 했다. 모델하우스의 이름은 따로 나오지 않았지만 화면 속
에는 개성 힐스라는 네 글자가 똑똑히 쓰인 현수막과 광고판, 심
지어 대학생의 시위용 피켓까지 고스란히 드러났다. 대학생은 개
성신도시를 반대하는 뜻을 알리고 싶었다고 말하기까지 했는데,
그의 말은 예전이나 지금이나 의도와는 정반대로 흘러간 게 분명
했다. 아무런 연쇄반응을, 적어도 그가 기대했던 식의 반응을 불
러오지 못했다.

나는 점심시간마다 열심히 그 개성 힐스 화재 관련 기사를 찾
아봤고, '용인 모델하우스 화재'라고 검색어를 넣어보기도 했는데
낚이는 것은 새로운 분양 소식뿐이었다. 어쩌다 개성 힐스 관련한

글을 찾긴 했으나 그건 꽤 치열한 경쟁률 때문에 조기 마감 됐다는 내용이었다. 확실히 내 생각이 너무 고리타분한 것이었음을 재확인하게 하는 과정이었다. 어떻게 북한 아파트를 분양받을 수 있느냐는 것, 이산가족이라도 되어야 가능한 동선이라고 믿었던 것, 그 모든 게 너무 시대에 뒤떨어진, 화석 같은 생각이었던 것이다. 상담원의 말대로 분양은 분양이었는데 말이다. 지도 위에서 단순히 봐도 개성은 한반도의 중심부에 위치해 있지 않은가. 이 이야기의 소비자가 좌천되어 떠나버린 뒤에도 개성은 여전히 유효했다. 금요일 저녁, 동네 슈퍼에서 '대동강 페일에일'까지 발견했을 때는 이게 확실히 신호라는, 이미 신호였다는, 그러니까 내가 해야만 하는 일이 바로 이거였다는 확신이 왔다.

토요일 아침 일찍 개성 힐스의 모델하우스로 갔지만 같은 위치엔 이미 다른 게 들어와 있었다. 분양 현장으로 짐작되는 이미지가 몇 개의 화면에서 재생되고 있었는데, 아직 도시 건설 전의 모습이어서 사실 저기가 개성인지 용인인지 알 길은 없었다. 어느 화면이었나, 포클레인 하나가 화면 밖으로 뚫고 나올 것처럼 공격적으로 몸을 세웠다. 그리고 한 삽을 뜨면, 화면에 이런 자막이 나타났다.

'평양 2차 분양의 신화'

개성이 있던 자리에 평양이 들어선 것이다. 개성이 진작 마감되어서 이미 전설로 남았다는 이야기가 들렸다. 상담원은 얼마 전에 있었던 작은 소동이 몇 개 남아 있던 물량까지도 완판시켰다고 말했다. 개성을 놓쳤다면 이번엔 꼭 잡길 바란다며 내게 평양을 권했다. 이미 1차 분양을 성황리에 마친 후 그 옆으로 2차 분양이 시작되는 거라 분양가는 조금 더 비싸다고 했다. 평당 백삼십. 개성에 비해서도 훨씬 비쌌다.

"최고 중심 아니겠습니까. 그래도 교통 체증 걱정하실 필요는 없죠. 모든 도로가 8차선에 보행자 통로는 다 지하로 이어져 있어요. 이미 어느 정도는 계획도시지요. 통일이 된다면 남한의 집값이 오를 거라고 생각하시지만, 규제가 풀린 북한 쪽으로 외국 자본부터 일단 물밀듯이 들어갈 겁니다. 여긴 기존의 평양이 좀더 큰 규모로 확장되는 그 경계 지점에 있어요. 일만 세대고요. 이것도 엄청난 대단지죠. 아파트 내부는 다 최고급 자재가 들어가요. 평양이잖아요. 북한에서도 최고 멋쟁이들이 산다는."

최고 부자도 아니고 최고 멋쟁이라니. 별거 아닌 말의 차이가 나를 이상하게 흔들어놓았다. 그전에 개성 상담을 받았을 때는 분명 최고 부자라는 표현을 들었던 기억이 있는데 최고 멋쟁이라면 그보다 한 수 위일까. 일단 권유대로 모델하우스의 내부부터 보기로 했다. 개성 때는 내부를 보지도 않았던 게 후회스러웠다. 왜 그랬을까. 아마 혼자여서, 그게 이유였을 것이다. 지금도 마찬가지였지만. 내가 볼 수 있는 건 가장 소형인 21평형뿐이었다. 직원은 내게 허락된 선택권이 남쪽이냐 북쪽이냐 정도밖에 없다고 했다.

들어가자마자 바닥부터 천장까지 매끄럽게 설치된 신발장이 면

저 보였는데, 뭐랄까, 신발장마저도 일만 세대 대단지인 느낌이었다. 오른쪽으로는 현관에서 바로 부엌으로 빠질 수 있는 수납 공간이 있었다. 사람들이 그걸 팬트리라고 부른다는 걸 알았다.

"여기에 참치 통조림 같은 거 쭉 두면 되겠네. 라면 같은 것도, 미니 슈퍼처럼."

팬트리에서 어떤 여자가 말했다. 그 말을 들은 남자가 "나는 스팸도 좋아해"라며 맞장구를 쳤다. 남자는 저쪽으로 가보자고 여자의 손을 잡아끌었다. 나까지 인솔한 건 아닌데, 모르는 사이에 나도 그들을 따라 움직이고 있었다. 여기가 딱히 미로도 아니었지만 뭔가 정해진 동선이 있는 게 내게는 편했다. 스칸디나비아식이랄까, 그런 풍의 부엌을 지나, 깔끔한 욕실을 지나, 침실1로 들어갔다. 그 한 쌍의 연인은 여기저기 문짝을 열어보며 숨바꼭질을 하더니 침대 끝에 걸터앉았다. 남자는 제집 안방이라도 된 양 등을 대고 벌러덩 누웠다. 여자가 남자의 부푼 배를 통통 소리가 나도록 두드렸다. 그들은 모델하우스에서 소꿉놀이를 하고 있는 것이다. 송도에 비해서는 어떻고 판교에 비해서는 어떻다는 둥, 떠들어대는 걸 보니 한두 번 놀아본 솜씨가 아니었다. 남자가 나를 의식하는 것 같아서, 거실 쪽으로 나왔다.

생각해보면 선영이 요구했던 것이 그렇게 거창한 건 아니었다. 바로 저런 거였던 것이다. 모델하우스에 놀러가서 구경하는 것, 저 연인들처럼. 선영은 예식장에 놀러가서 커피나 얻어먹으며 미래에 있을 예식의 견적을 내보자고도 했고, 웨딩 박람회에 놀러 가자고도 했다. 당장 집을 계약하고, 결혼식을 준비하고, 웨딩드 레스를 살 게 아니라고 해도 구경하는 것 자체를 즐기는 사람들 이 많다고 했다. 대체 뭐가 재미있다는 것인지 나는 동의할 수 없 었지만. 사실 돈이 드는 데이트도 아니었는데, 왜 나는 그런 걸 부 담스러워했을까. 결혼식과 신혼집과 신혼여행은 아이쇼핑을 하기 에는 너무 크게 느껴졌다. 이상한 부담감은 하다못해 선영이 욕실 슬리퍼를 사러 이케아에 가자고 했을 때 그조차도 피하게 만들었 다. 그런데 지금 저 연인들은 부담 없이 소꿉놀이를 하고 있지 않 나. 나는 그들의 동선을 방해하지 않으려 침실2로 갔고, 모델하우 스에서 가장 자연스러운 행동은 문짝을 열어보는 거라는 듯이, 이 것저것 잡아당겨보고 들여다보고 다시 닫았다. 내가 침실2의 벽 장문을 열어보았을 때, 그 안에서 아까의 연인이 황급히 튀어나왔 다. 셋 모두 깜짝 놀랐다. 멀리서 여자가 깔깔대는 소리가 들렸다.

그들이 밖으로 나가자 모델하우스는 조용해졌다. 마감을 알리 는 직원이 다가왔다. 나는 창밖 풍경을 바라보았다. 이미지 화면 이었는데 그게 가짜라는 걸 느끼지 못할 정도로 천천히, 눈이 내 리고 있었다. 눈이라니. 직원이 말했다.

"평양에서는 11월 말이면 첫눈이 와요. 이건 작년 첫눈 오던 날 풍경이죠."

그 풍경이 너무 꿈같았던 나머지, 모델하우스 밖으로 나오자마자 조금 외로워졌다.

　선영을 다시 만난 건 거의 팔 주 만이었다. 단지 물리적인 시간 이상으로 긴 거리감이 느껴졌는데, 선영이 "개성으로 간 줄 알았는데!"라고 말하자 좀 편안해졌다. 어쩐지 익숙한 궤도로 진입한 것 같은 기분이었다. 먼저 만나자고 한 건 내 쪽이었다. 나는 하루만 시간을 내줬으면 좋겠다고 했고, 그리고 이왕이면 자동차를 끌고 나왔으면 한다고 했다. 후자는 좀 구차한 부탁이었지만 기동력은 선영 쪽에 있었다.

　내가 가고 싶었던 곳은 구 년 전, 우리가 처음으로 마음을 확인했던 그 양평 언저리였다. 나무 두 개가 나란히 있는 지점이었다. 나는 내비게이션에 찍을 이정표의 주소도 준비해왔다. 양평의 첫 지점에 가기 전에 들러서 밥을 먹을 만한 좋은 카페도 알아뒀다. 우리가 설사 이별을 하게 되든, 아니면 다시 나아갈 추진력을 얻게 되든, 어쨌든 얼굴을 보고 이야기를 해야 될 것 같았다. 다행히 선영도 같은 생각을 하고 있었다. 그러나 선영의 동네에서 출발할 때부터 도로 사정이 안 좋았다. 차는 몹시 막혔고 겨우 카페에 도착했을 때 우리를 여기까지 운반했던 자동차는 처치 곤란한 고철 덩어리가 되어 있었다. 사람도 차도 많았다. 주차장은 긴 미로 형태였다. 초반에 빈자리 하나를 발견했는데 더 나은 자리가 있을 것 같아 좀더 들어가본 게 실수였다. 아스팔트길 위에서 우리는 링반데룽을 경험하고 있었다. 이십 분은 뱅글뱅글 돈 것 같았다. 선영이 짜증을 낼까봐 불안했다.

"그냥 돌아갈까?"

선영을 생각해서 한 말인데 이런 반응이 따라왔다.

"또 이런 식이지. 꼭 코앞에 와서."

선영이 다시 입구로 차를 돌렸지만 아까 봤던 그 빈자리가 어디였는지 알 수가 없었다. 이미 다른 차가 들어와 있었던 것이다. 저기서 어리바리한 자세로 주차장에 들어오던 차 한 대가 운 좋게 바로 빈자리를 발견하는 것을 보면서, 우리는 그 카페를 떠났다. 선영은 묵묵히 운전했고 버려진 것 같은, 그러나 확실히 한적한 샛길에 차를 세웠다.

"생각해보면 그 언니 말이 틀린 게 하나도 없어."

"무슨 언니?"

"내가 그 언니 얘기한 게 한두 번이야? 아직도 기억을 못하는 걸 보면 참."

"그 언니가 뭐랬는데?"

"결혼도 주차도 다 똑같다고. 더 좋은 상대가 나타나겠지 싶어서 기다리다보면, 빈자리는 하나도 없고, 결국 아까 갔던 곳으로 되돌아가도 그 자리는 이미 차 있다고. 어딘가 더 좋은 놈이 있을 것 같아서 기다리면 결국 예전에 놓친 그놈이 더 좋다는 걸 알게 된단 얘기야. 잠깐 주차하는 사이에 없어진 자리처럼."

"내가 어느 지점이야, 예전에 그냥 놓친 그놈이야, 아니면?"

나는 그렇게 물었지만 선영은 대답하지 않았다. 다만 다음 목적지가 어디냐고 물었을 뿐이다. 선영의 말―그러니까 선영이 안다던 그 언니의 말이 정말 인생을 압축한 것 같았다. 주차나 결혼이나 인연이나, 생각해보면 분양조차도 결국 타이밍인 것이다. 내가 뭐라고 말을 했어야 하는데, 나는 자꾸 말을 기다리고만 있었다. 선영이 시동을 걸었다. 해가 조금씩 저물고 있었다. 그러나 몇 년 사이에 길이 너무 많이 바뀌어 있었다. 목적지는 분명히 의미 있는 곳이었는데 내비게이션은 우리를 구 년 전 출발이 되었던 나무가 아니라 웬 논두렁길로 안내했다. 비포장도로는 폭을 조금씩 좁혀나갔고 자연 조명은 이미 꺼진 후였다. 갈 데까지 가보자, 그런 오기로 계속 들어갔지만 마침내 내비게이션이 멈춰버렸다.

"목적지에 도착하였습니다. 안내를 종료합니다."

이렇게, 유언 같은 한마디를 남기고 말이다. 둘 다 내려서 앞을 보니 길은 한 십 미터 앞에서 보란듯이 끊겨 있었다. 더 없었다. 저 앞엔 천이 흐르고 있었다. 구 년 사이에 동네가 바뀌었다.

차는 쌍심지를 켜고 뒤로 뒤로 후진하기 시작했다. 후방 센서는 길게 몸을 늘어뜨린 억새까지도 장애물로 인식하고, 시종일관 '삐비비빅' 소음을 냈다. 양쪽 창문을 내린 채로 선영은 왼쪽 아래를 보고, 나는 오른쪽 아래를 보고, 우리는 그렇게 각자의 바깥쪽 팔꿈치 아래를 보며 거의 비슷한 대사를 내뿜었다.

"오라이, 오라이! 여긴 괜찮아. 더, 더, 괜찮아, 더."

이렇게 길이 길었나 싶을 정도로 길고 긴 후진이었다. 가도 가도 끝이 없었다.

"이렇게나 많이 들어왔었나?"

선영이 말했다. 바퀴가 논두렁에 빠지는 게 아닌지 너무 집중한 나머지, 정말 괜찮은 상태로, 어떤 틈에도 빠지지 않은 상태로, 무사히 출발 지점에 도착하니 그 침묵이 오히려 어색해졌다. 수많은 '오라이'들이 허공에 민망하게 떠 있었다. 선영이 내비게이션을 들여다보며 말했다.

"후진으로 구백 미터를 왔네."

다시 뒤로, 그렇게 온 거다. 차는 이제 유연하게 왼쪽으로 몸을 틀었고 그 좁은 길을 빠져나갔다. 논두렁길을 벗어난 다음 누군가가 먼저 배가 고프다고 말했고, 저만치 눈에 들어온 게 프랜차이즈 스테이크집이었다. 그리로 들어가 달처럼 노란 등불 아래 마주 보고 앉았다. 직원이 메뉴판 두 개를 주고 갔다. 우리는 각자의 메뉴판을 들고 의견을 교환하기 시작했다.

"붉은 빛깔 선명한 거."

"핏빛으로."

취향은 확실히 비슷하네, 난 그렇게 생각하고 있었다. 그러나 조금 뒤에 한쪽은 스테이크에 대해, 다른 한쪽은 와인에 대해 말하고 있었다는 사실을 알아챘다. 하나는 와인 리스트, 다른 하나가 스테이크 리스트였다. 우린 서로 다른 메뉴판을 보고 있었지만 의사소통이 가능했다. 빛깔이 닮은 스테이크와 와인을 적당히 고른 셈이었다. 그 스테이크를 한 점 먹고 와인을 몇 모금 마신 후에 내가 말했다.

"생각해봤는데, 아까 그 논두렁길 말이야. 구백 미터. 그게 우리랑 닮은 것 같아."

"막다른 길이라서?"

"아니. 그 길이 계속됐다면, 그랬다면 우리 차는 계속 갔을 거잖아. 너랑 연애하라면 계속 할 수 있을 것 같아. 우리에겐 계기가 필요했던 거야. 아까 그 길처럼, 뭔가 계기가 있으면, 우린 또 같이 움직여서 헤쳐나가잖아. 뒤로든, 앞으로든, 옆으로든, 어디든. 난 너랑 같이 있으면 연애든 결혼이든 뭐든 다 상관없어. 내 옆에 있는 사람이 이선영이 아니란 생각을 해본 적이 단 한 번도 없거든."

주절주절 나오는 대로 말하고 있었지만 그게 내 진심이었다. 나는 조금 울기까지 했다. 선영이 휴지를 건네주었다. 이별은 지연되었다. 후진으로 구백 미터를 기어오는 동안 나와 선영 사이의 시곗바늘도 조금은 뒤로 간 게 분명했다. 우리는 다시 구백 미터쯤 예전으로 돌아가 있었다.

구백 미터를 후진한 후 내가 선영과 다시 모델하우스에 간 건, 그녀가 원하는 데이트를 할 수 있다는 의지의 표현이었다. 사실

분양 신청서까지 낼 생각은 굳이 없었다. 그러나 거기서 선영과 번호표를 뽑고 상담원 앞에 나란히 앉았을 때, 상담원은 놀이를 현실로 끌어올렸다.

"두 분 예비부부시죠?"

나 혼자 갔을 때는 들을 수 없었던 정보가 있었다. 평양에서는 신혼부부 우선권이 있었다. 구십 퍼센트는 추첨으로 하고, 십 퍼센트는 신혼부부에게 우선적으로 부여한다는 거였다. 계약 시점에서 예비부부거나 결혼 오 년 이내 부부인 걸 입증할 수만 있다면 유리하다는 거였다. 우리가 결혼을 준비하기 시작하면 당연히 그 자격을 획득할 수 있었다. 입주 시점은 2023년 5월. 그 안에 통일이 될까. 사람 일은 한 치 앞을 모르는 거라고 해도, 어쩐지 오 년 내에 남북통일이 될 확률보다는 내가 결혼을 할 확률이 더 높을 것 같다는 예감이 들기 시작했다. 나는 'South'에 표시를 하고 신청서를 냈다. 대부분의 평형이 이미 마감이라 평양 2차 분양에서 내게 주어졌던 유일한 선택권은 단지 남이냐 북이냐 정도였는데, 그건 국적이 아니라 발코니 달린 두번째 침실의 창문 방향을 가리키는 말이었다. 그걸 알게 된 건 이미 분양 신청서를 낸 다음이었다.

평양의 눈 내리는 풍경을 선영에게 보여주고 싶었지만, 우리의 침실에서는 보다 익숙한 풍경—남산타워와 한강이 보였다. 딱히 평양에 있다는 느낌은 들지 않았다. 물론 진짜 평양 한복판의 아파트에서 단지 창문 하나가 남쪽으로 뚫렸다고 해서 남산타워와 한강이 보이겠는가. 물리적인 거리를 너무 초월한 연출이긴 했으나, 그건 나름대로 의미가 있었다. 그 아래 '실제와 다른 연출용 사진입니다'라는 문구가 써 있었음에도 불구하고, 선영이 그 풍경에 만족했던 것이다. 그런 한강 뷰는 우리가 지금 여기서 가질 수 없는 것이었으니까.

"바람이 부네?"

선영이 창문을 열고서 말했다. 아니, 어떻게 바람이 불지? 모델하우스에서 말이다. 아마 뭔가 기능적인 장치들을 동원했겠지만 그 인공적인 바람은 우리 마음을 움직이기에 충분했다. 우리는 각자의 이름으로 신청했고, 같이 발표를 기다렸다. 나는 떨어졌고, 선영은 당첨되었다. 21평형, 신혼부부 우선 조건으로 신청한 결과였다. 정확히 따지면 분양받은 주소는 평양이 아니었다. 평양 근교라고 해야 할까. 평양의 생활권이라고 하기에도 애매했지만, 전문가들 말대로 도시는 점점 커질 것이다. 그리고 '조만간' 통일이 된다면 진짜 그 도시의 창문을 열고 바람을 쐴 수도 있을 것이다. 첫눈을 볼 수도 있을 것이다.

그 아파트 단지 앞으로 축구장 사십 배 규모의 쇼핑몰이 들어올 거라는 말을 해준 건 알리였다. 타이밍이 좀 어긋나긴 했는데, 평양 2차 분양에 대한 얘기는 확실했다. 내가 오랜만에 에어비앤비 사이트에 접속했을 때, 보낸 지 한참 지난 알리의 쪽지 두 개를 발견하게 된 거였다. 생각해보면 내가 알리의 집에 머물렀던 그 나흘이 이런 줄거리를 가능하게 한 셈이었다. 알리가 첫번째 쪽지를 보낸 시점은 내가 10월의 나흘을 보내고 한국으로 돌아온 직후였다. 나보다 한 발 앞서 있던 이 청년은 개성이 싫다면 평양도 고려해보라는 말을 하고 있었다. 평양 2차 분양이 곧 시작될 것이고, 필요하다면 자신이 여러 방법으로 도와줄 수 있다고 했다. 두번째 쪽지는 그로부터 며칠이 더 지난 시점에 보낸 것으로, 언젠가 하와이에서 다시 보기를 바라며 그때는 꼭 사랑하는 사람과 함께여야 한다는 말이었다. 그건 보편적인 인사말일 수 있었지만, 내가 해야만 하는 그 일이 뭔지를 비로소 알게 된 것 같은 기분이었다.

물론 문제는 여기, 지금, 당장이었다. 예기치 않은 투자 때문에 우리의 예산은 더 줄어들었고, 전셋집이나 수도권의 미분양 아파트를 찾기에도 역부족이었다. 우리가 집을 산다면 발코니 같은 서비스 면적 정도가 우리 몫 아닐까. 대부분은 은행 몫일 것이다. 내가 알리에게 '사실 나는 남한의 아파트에 관심이 있다. 그러나 예산은 부족하다. 어떤 방안이 있을까?'라고 쪽지를 보낸 건, 단지 부동산 전문가인 알리가 어떤 말을 할지가 궁금해서였다.

돌아온 건 확실히 정답이었다.

'은행에 가라.'

오믈렛이
달리는
밤

오믈렛이
달리는

AI가 휩쓴 겨울, 뉴스에서는 사람들이 체감하는 계란 한 판의 가격이 거의 만원에 육박한다고 했다. 계란뿐일까, 빵값도 오르고, 라면값도 오르고, 치킨값도 올랐다. 설 선물 세트로 계란 한 줄이 등장하는가 하면, 어느 식당에서는 '무려 계란말이'라는 메뉴가 등장하기도 했다. 그렇게 '무려'로 수식된 경우가 아니라면 대개의 가정식 백반에 오르던 계란 반찬은 완전히 종적을 감췄다. 어떤 사람들은 단지 계란을 마음껏 먹기 위해서 비행기를 타고 바다를 건너기도 했고, 어떤 사람들은 비행기가 공수해올 계란을 기다렸다.

이런 상황에서 그 모임이 계란을 네 판이나 협찬받은 건 대단한 일이었다. 계란은 이런 모꼬지를 갈 때 꼭 사야 하는 항목은 아니었으니까. 간혹 모꼬지를 가서도 계란 넣은 라면을 원하는 족속들이 있긴 했지만, 요즘 같은 때에야 누가 계란을 기대하겠는가. 여러모로 겨울의 한가운데 그들의 모꼬지에 동반한 계란 네 판은 이 모임이 얼마나 건재한가를 보여줄 수 있는, 계란 이상의 무엇이었다.

1월 중순 대성리의 대형 펜션을 빌린 이들은 이벤트 회사 '행복한 사람들'이었다. 백여 명의 직원 모두가 정규직이고 휴가는 최장 삼 주까지도 비교적 자유롭게 쓸 수 있었지만, 이벤트 성수기는 예외였다. 12월은 대목 중에서도 대목이어서, 신입 사원부터 사장까지 거의 모든 직원들이 산타 또는 엘프, 루돌프로 주말도 없이 일해야 했다. 성탄과 송년을 가까스로 넘긴 지금이 한 번 반짝 쉴 타이밍이었다. 1월 중순을 넘기면 또 밸런타인데이와 졸업식 준비에 돌입해야 했으니까. 그들은 대형 현수막과 추억의 보드게임, 다양한 주류와 마장동에서 특별히 주문한 소고기, 질 좋은 돼지고기까지 전세버스에 실었다. 사장은 가족 행사 때문에 이 모꼬지에 참석하지 못했는데 AI를 뚫고 공수한 계란 네 판을 더해주었다.

연경도 가지 않았다. 연경은 다른 팀장급들 몇 명이 대성리로 간다는 걸 알고 이번에는 쉬기로 했다. 지난해까지 거의 한 번도 빠짐없이 참석했던 모꼬지였지만 이번엔 등 마사지나 받고 밀린 책도 좀 읽으면서 사적인 주말을 만끽하고 싶었다. 12월 내내 산타로 살지 않았나. 물론 모든 직원이 그렇긴 했지만 연경은 특히 바빴다. 십이 년 전 이 회사가 처음 이벤트 시장에 뛰어들 때부터 연경은 함께했고, 지금은 기획부터 인력 채용까지 거의 모든 영역에 그녀의 손이 안 닿는 곳이 없었다. 연경이 진행한 일 중에 하나는 회사 초기만 해도 흔했던 비정규직들을 전원 정규직으로 돌린 거였다. 연경이 사장은 아니었지만, 사장은 연경을 신뢰하다못해 부담스러울 만큼 의지했다. 시장이 모두 정규직으로 전환한다는 발표를 하고 여러 처우가 개선되었을 때, 업계에서도 이런 회사는 드물다고 말했다. 연경은 어느 정도 자부심을 갖고 있었고, 연경에게 자신의 롤모델이다, 멘토다, 라고 말하던 후배들도 꽤 있었다. 그러나 십이 년째 그걸 모두가 기억해주진 않았다. 연경은 가끔, 자신이 나이보다 훨씬 일찍 늙어버린 느낌을 받았다.

연경은 서른아홉 살이었다. 집 근처 마사지실에 연간 회원으로 등록하는 과정에서 새삼 느낀 사실이었다. 회원 정보를 적는 서류에는 '미혼/기혼' 항목도 있었다. 여기 원장이 관리를 잘한다는 소문을 듣고 토요일 아침으로 지정 예약까지 하고 온 참이었다. '알게 된 경로'에는 입소문이라고 적었지만 사실 연경은 이 동네에서 소문의 사각지대에 있었다. 번화가가 아닌 이상 어느 동네나 온갖 정보는 그 동네 엄마들의 커뮤니티에 가장 많았다. 젊은 부부들이 많이 사는 이 동네에서 연경은 정보 공유를 위해 몇몇 커뮤니티에 가입하고 싶을 때가 있었지만, 어린이집이나 유치원 소속처럼 아이의 정보를 쓰지 않으면 불가능했다.

이 마사지 업체는 며칠 전 우연히 일감을 들고 앉아 있던 카페에서 옆 테이블의 수다를 엿들어 알게 된 거였다. 여자 넷이 앉아 있었고, 그들은 이 동네에 미○○만한 피부 마사지가 없다고 얘기했는데 발음의 문제인지 소음의 문제인지 '미' 다음 글자가 전혀 들리지 않았다. 그렇다고 다짜고짜 그들의 대화에 끼어들어 정확한 업체명을 물을 수도 없었다. 그래도 연경은 '신생 업체는 아니고', '이 카페 길 건너에 있으며', '미, 자로 시작하는 간판'이라는 몇 가지 퍼즐을 가지고 결국 찾아냈다. 피부 마사지실의 간판을 보고 웃어본 건 처음이었는데 '미스리'였던 것이다. 생각해보면 연경도 미스 리였다.

연경은 "원장님이 혹시 미스 리?"냐고 물어보았다. 원장은 그런 질문을 많이 듣는다며 "미스 리가 그리운 미세스 리"라고 대답했다. 원장이 미스의 시절을 동경한 건 그때까지였다. 막상 연경이 서른아홉의 미혼이라고 하자 원장은 연경의 얼굴과 목과 어깨, 등과 다리를 마사지하는 내내 결혼과 출산이 여자에게 얼마나 중요한 일인지 강조했다. 원장은 미스 리와 미세스 리 사이의 친밀감(으로 착각되는)을 바탕으로 연경에게 무수히 많은 질문을 했는데 기본적으로 어떤 확신이 전제된 것들이었다.

연경이 통과한 학교들은 졸업 후에 두세 명 정도의 친구를 남겼는데, 그중에 결혼 안 한 사람이 자기를 포함해 두 명이었다. 연경은 원장의 호구조사가 부담스러워 실은 당분간이 아니라 아주 결혼 생각이 없다고 말했다. 굳이 결혼하지 않아도 지금에 만족하며, 가끔 남편은 없어도 아이는 있었으면 한다고 말하는 사람들도 있지만 자긴 그런 쪽도 아니라고. 원장은 연경의 얼굴 위에 모델링 마스크를 바르면서 이야기에 추임새를 넣더니, 끝에 가서는 다소 걱정스러운 목소리로 이렇게 말했다.

"그런 우리 지구는 어쩌하죠?"

지구라니, 연경은 깜짝 놀랐다. 내가 왜 지구 걱정까지 해야 합니까, 라고 말하고 싶었지만 원장은 방금 연경의 입술 위를 팩으로 봉해버린 참이었다. 그러고는 연애도 사치라는 말이 도는 시대에 이해 못하는 건 아니지만 이러다 인류가 어떻게 될지 모르겠다고 했다. 그러면서 얼마 전 한 미혼 회원이 대단한 결심을 했다고 전했다. 연경과 동갑이라는데 난자 냉동을 알아봤다는 거였다. 연경은 눈과 입을 다 봉한, 그 어둠 속에서 난자까지 얼려가며 지구를 지키는 사람들에 대해 생각했다. 연경은 한 남성 잡지에서 읽었던 칼럼이 떠올랐다. 그 칼럼에 따르면 2세를 낳지 않음으로 인해 멸종되는 게 있다면 그건 전 인류가 아니라 연경이라는 개체였다. 그러니까 원장의 지구 어쩌고는 오지랖이었다. 연경이 혼자서 살다가 오롯이 죽겠다고 결정한 건 지구의 미래와 아무 상관이 없었다.

연경이 연애, 결혼, 임신과 출산에 대해서 아주 셔터를 내려버린 적은 없었다. 다만 투자 비용과 수익에 대해 생각하지 않을 수 없었다. 지지부진한 감정놀음에 휘말리는 건 너무 소모적이었다. 그리고 결정적으로 사람을 만날 기회가 점점 적어지고 있었다. 누군가를 만나기 위한 노력을 안 한 것도 아닌데 말이다. 무신론자였던 연경은 서른셋을 넘기면서 교회에 나가보기도 했다. 그 무렵 친구 중에 하나가 교회에서 배우자를 만나는 경우도 많다고 권했던 것이다. 연경은 그 교회 안 청년층의 성비가 '남:여=2:8'이라는 걸 확인하고도 바로 떠나지는 못했다. 다만 동호회 활동으로 발을 넓혔다. 등산 동호회니 와인 동호회니 자동차 동호회 같은 곳에 나갔으나 연경을 홀리는 건 이성이 아니라 등산과 와인과 자동차라는 분야 자체였다. 거기에 집중하니 다른 건 다 부담스러워졌다.

그나마 좀 오래 나간 건 스윙댄스 동호회였는데 한 남자의 담배 상담 때문에 시들해졌다. 연경과 자주 파트너가 되었던 그 남자는 연경에게 담배를 끊고 싶은데 도와줄 수 있느냐고 말했다. 연경은 황당했다. "뭘 어떻게 도와줘요, 은단 사줘요? 민트 드려요?" 속으로만 그렇게 생각한 것 같았는데 이미 퉁명스러운 어조로 발화된 후였다. 댄스 동호회에서 커플이 자주 생겨나고 또 깨지고, 결혼까지 가는 경우도 더러 있는 편이었지만 몇 년 동안 연경에게는 아무 일도 일어나지 않았다. 연경을 제외하고 주변에서는 많은 일들이 벌어졌다. 누군가가 다른 누군가와 사귀고 고백하고 차이고 헤어지고 다시 사귀고 재결합했다가 결혼하고 파혼하고. 그러나 연경은 그 모든 것으로부터 무탈했다. 동호회장은 오 년 동안 동호회 안에서 결혼한 커플이 여섯이나 된다는 걸 자부심으로 여겼지만, 연경은 결혼한 커플보다도 사귀었다 깨진 커플이나 썸이었다 만 커플의 수까지 헤아려야 한다고 생각했다. 그걸 헤아리면 투자 효율은 별로였다.

맡은 업무가 많아지면서 연경은 자연스레 동호회 활동에 뜸해졌고, 한참 후에 연경에게 금연을 도와달라고 했던 남자가 동호회에서 만난 여자와 결혼했다는 소식을 들었다. 연경은 그 여자가 어떤 방식으로 남자의 금연을 도왔다는 건지가 좀 궁금했는데, 말을 전한 친구는 그냥 옆에 있어주는 걸로도 사람은 많은 일을 할 수 있다고 대답했다. 그러니 너도 연애를 하려면 너무 싹을 자르지 말라고.

마사지를 받은 후 연경은 카페에서 느긋하게 커피를 마시고 싶었다. 그리고 집으로 돌아가 영화를 몇 편 보고 싶었다. 그러나 휴대폰을 켜자마자 읽지 않은 톡이 이백여 개나 된다는 사실을 알았다. 대부분 '행복한 사람들' 단톡방에서 시작된 거였다. 화면을 쭉 위로 올려보니 어느 순간부터 연경의 이름이 거론되고 있었다. 사장이 혹시 오늘 모꼬지에 가지 않은 직원이 누가 있는지를 물어보고 있었고, 보란듯이 거기에 연경의 이름이 등장했다. 사장은 "아하, 그럼 이팀장에게 얘기해보겠습니다. 즐거운 시간 보내시길"이라고 입력한 후, 곧바로 연경에게 전화를 건 거였다. 그것도 세 통이나. 그리고 개인적인 톡도 와 있었다. 사무실에 가서 서류 하나를 찾아서 자신에게 퀵으로 보내달라는 거였는데, 원래대로라면 연경은 충분히 움직였을 것이다. 회사는 연경의 집에서 그리 멀지도 않았고 자주 그런 일이 있었으니까. 그런데 오늘은 달랐다. 사장이 앞뒤를 다 자르고, 어떤 양해를 구하는 절차도 없이, 연경이 당연히 오케이하리라는 전제하에 본론만 얘기한 게 눈에 들어왔다. 몇 번의 경험으로 그동안 얻은 건 사실 연경이 오늘 꼭 나서지 않아도 모든 게 폭망하는 건 아니라는 거였다. 그런데도 오늘은 쉬는 날이라고 당당히 얘기하는 건 연경에게 익숙하지 않았다. 물론 누군가라면 가능했겠지만. 오우준 정도?

우준이 연경의 팀원으로 일하기 시작한 건 두 해 전부터였다. 지난해 연말, 연경과 우준은 2인 1조로 움직이곤 했다. 연경이 산타였고 우준은 루돌프였다. 그들은 카니발 한 대를 타고 종일 함께 움직였다. 자연스레 이것저것 이야기할 기회가 많았는데, 연경이 "많이 일하면 그만큼 또 인센티브가 있다"며 일감을 더 건넸을 때 우준이 보인 반응은 연경으로서는 상상하기 힘든 거였다. 우준은 양 손바닥을 연경 쪽에 보이도록 세운 후 명랑하게도 "반사!"라고 했다. 연경은 그런 '반사' 기능에 대해 상상해본 적이 없었다. 우준은 이렇게 말했다.

"저녁이 있는 삶, 그게 제 룰입니다."

"요즘엔 저녁거리 사는 삶도 중요하다던데."

"저는 반사!"

우준은 또 손바닥을 쫙 펼치며 외쳤다. 그렇게 외친다고 해서 뭔가를 정말 반사할 수 있을 거라고 생각한다면 너무 순진한 게 아닌가? 아니, 뻔뻔하다고 하는 게 맞을 것 같았다. 연경은 더 차분한 어조로 말했다.

"반사하면 그게 어디로 가나요?"

"예?"

"이쪽에서 반사하면 그거 다른 쪽으로 가는 거잖아, 그럼 다른 사람이 해야 하는 건가? 그 사람도 반사하면 그럼 누가 하나요?"

이렇게 말하는 중에도 설마 또 반사 어쩌고를 외쳐대진 않겠지, 그럴 틈을 주지 않으려고 연경은 계속 말을 이었다.

"12월은 워낙 중요하니까. 저녁이 뭐야, 주말도 없죠. 그래도 이 시기만 바짝 하면, 우리 회사 근무 여건은 전체적으로 괜찮은 편인데. 그렇죠?"

그렇게라도 근무 여건을 유연하게 만들어놓은 건 연경의 공이었다. 연경은 늘 기억하고 있는 사실이었다. 그러나 연경 눈앞의 직원은 어떤 동의도 표하지 않은 채, 몇 가지 이유를 들어가며 자신이 더 많은 일을 하지 않을 권리에 대해 얘기했다. 좀 덜 벌고 덜 쓰겠다는 건데 그게 조직 안에서 선택 가능한 문제라고 믿고 있는 듯했다. 연경은 에스컬레이터에 대한 비유를 들었다. 요즘은 다시 두 줄 서기의 시대였다. 에스컬레이터에서 뛰거나 걷지 말라고 말하는 시대였다. 그러나 예전에는 그렇지 않았던 적이 있었기 때문에 이제 와서 아무리 두 줄 서기라고 말을 해도, 이미 한쪽 라인은 이동하는 길로 통하고 있었다. 우준은 출퇴근길에 모두가 걸어서 오르내리는 그 한쪽 라인에 꼿꼿이 서서 움직이지 않는 사람 같았다.

우준이 사장 앞에서 저런 말을 했다면 대판 싸움이 났을 거라고 연경은 생각했다. 그나마 자기니까 이 정도 말이라도 해줄 수 있는 거라고. 언젠가 우준이 사장과 어떤 대화를 나누는 걸 본 적이 있는데 목격자들을 기묘하게 만드는 구조의 대화였다. 사장도 한 화법 하지만, 우준도 만만치 않았던 것이다. 사장이 "그러니까 A야, B야?"라고 물으면 우준은 "A인 것도 같고 B인 것도 같습니다"라고 대답했다. 사장이 다시 "A냐고, B냐고?" 하자 우준은 "A일 수도 있고 B일 수도 있지요" 라고 했다. 그건 A와 B로 가를 수 없는 문제였던 터라 목격자들은 사장이 A냐 B냐고 묻는 걸 보고 황당해했는데 계속 반복 구조를 만드는 우준의 대답도 썩 센스 넘친다고 할 수는 없었다. 그때 연경이 "A로 가면 이만큼의 이익이 있고 B로 가면 이만큼의 이익이 있다"라고 하지 않았다면 그들은 밤새 같은 말을 반복했을 것이다. 이미 그런 적이 있었다. 사장이 "그 KP 건이 A 스펙 보고 한 게 맞아?"라고 물었을 때 우준은 "그 KP 건이 A 스펙 보고 한 게 맞습니까?" 하고 되물었던 것이다. 사장이 "그걸 나한테 왜 물어, A 스펙 보고 한 게 맞느냐고 지금 내가 물었는데!" 하자 우준은 고개를 갸웃하며 "그 KP 건은 A 스펙과 전혀 다른 카테고리에 있는데 그걸 연결시키신 게 맞습니까?" 하고 반문했다. 누군가가 "그 KP 건에 A 스펙을 적용해보겠습니다"라고 대답하고서야 그 대화는 종결되었다. 그때 몇 사람은 우준을 또라이라고 했는데 또 몇 사람은 그 또라이의 규칙을 알아채게 되었다. 우준은 납득하기 어려운 요구나 지시를 받을 때면 그렇게 되묻곤 했다. 그리고 최근에는 '반사' 기능을 쓰게 됐다. 우준 주변의 몇 사람이 그걸 따라 하기도 했다.

외국인이든 외계인이든 상관없다고 말하는, 고객이기만 하면 우주에서의 구매 대행도 가능하다고 말하는 사장 때문에 연경은 꽤 피곤한 상태였다. 이 방과 저 방 사이에 세워져 두 방의 소음이 섞이지 않도록 돕는 방음장치가 된 것 같았다. 연경은 사장의 몇 가지 기획들―이를테면 산타의 해외 구매 대행 서비스 같은 것에 대해 저지하느라 최근까지도 피곤했다. 무리한 확장은 좋지 않다, 그런 확장보다는 전 직원이 오래 몸담는 회사가 될 수 있도록 균형을 가지는 데 힘써야 한다. 워라밸, 그러니까 워라밸 말이다…… 그런 말들을 연경이 했다. 늘 연경이 해왔다.

그런데 새파란 신입을 통해 반사 기능에 대해 듣고 나니, 그 순간 연경 자신이 운전중이라는 사실이 새삼 다른 느낌으로 다가오고 있었다. 원래 운전은 루돌프의 몫이었는데, 점심 먹을 때 맥주를 한 잔 마신 우준이 얼굴이 시뻘겋게 달아올라 있어서 연경이 운전대를 잡았던 것이다. 물론 운전대를 잡을 때까지만 해도 네 일인데 내가 대신한다는 생각을 하진 않았다. 그건 배려였는데. 연경은 말했다.

"루돌프의 기본 업무가 운전이란 거 압니까? 저녁이 있는 삶이고 뭐고 다 좋은데, 적어도 민폐는 끼치지 말아야죠. 소화를 할 수 없을 것 같으면 술을 마시지 말든가. 권한다고 다 마셔요, 그걸?"

"죄송합니다."

"루돌프가 낮술이라니."

"그래서 코가 빨갛잖아요."

연경이 정색을 하는 게 느껴졌는지 우준은 몇 번이고 사과를 했다. 그래도 이미 연경의 기분은 하강중이었다. 나중에야 스스로도 감지했지만 연경이 불쾌해진 건 우준이 자신을 꼰대 취급한다고 느꼈기 때문이었다. 결국 연경이 느낀 건 양쪽 사이에 낀 외로움이었던 것이다.

그때 그 일을 떠올리자 마침내 연경은 사무실에 들러달라는 사장의 부탁을 거절할 기분이 되었다. 그래도 다른 핑계를 대는 것엔 익숙하지 않았다. 연경은 "저도 지금 모꼬지 가는 길입니다"라고 사장에게 보내고서 그걸 책임지기 위해 결국 경춘선에 올라탔다.

누가 환영을 하겠나 싶었는데 단톡방의 사람들은 대성리역에서 연경을 픽업하겠다고 했다. 연경은 저녁 여섯시쯤 도착할 예정이었다. 충동적이긴 했지만, 기차가 움직이기 시작하자 마음이 조금 편안해졌고, 연경은 자신이 예상보다 들떠 있다는 사실이 조금 웃겼다. 겨우 이 정도 이동으로도 설렐 만큼 오래 고여 있었나 싶어서. 거리의 문제만은 아니었다. 연경은 지난 한 달 동안 위로는 파주부터 아래로는 평택까지 동분서주하지 않았는가.

대성리역에 내렸을 때 연경을 마중 나온 사람은 우준이었다. 우준이 이 자리에 합류해 있었다는 사실이 연경으로서는 의외였는데, 우준의 사표를 바로 지난주에 연경이 수리했기 때문이었다. 하긴 우준이라면 이런 식으로 유종의 미를 거두는 데 인색하지 않을 거란 생각도 들었다. 연경이라면 사표를 내기 전까지는 이리저리 휘말려도, 정작 사표를 내고 나면 뒤도 안 돌아볼 것 같은데 말이다.

바로 몇 주 전까지만 해도 그들은 '산타의 가가호호 서비스' 때문에 거의 매일 붙어 있었다. 유치원이나 어린이집 교사들이 동행할 때도 있었고, 유치원 원장의 남편이 동원되기도 했다. 산타의 가가호호 서비스를 신청한 집마다 초인종을 누르고, 캐롤을 부르고, 아이에게 선물을 전달했다. 선물은 대개 아이 부모가 미리 주문한 것이었다. 산타가 아이에게 착한 일을 얼마나 했는지, 부모님 말씀을 잘 들었는지, 그런 걸 너무 길게 얘기하면 오히려 불만스러워하는 부모들도 있었다. 아이의 기를 죽이지 않는 선에서, 산타가 우스워지지 않는 선에서 모두가 적당히 즐거운 이벤트를 해야 했는데, 그게 참 말처럼 쉽지가 않았다. 이를테면 초인종을 눌러도 한참 문을 열지 않다가 문 앞에 선물을 놓고 가달라고 말한 집들이 더러 있었는데, 산타로서 문전박대를 당한 기분이었다. 그럴 거면 이벤트를 왜 신청한 거래, 하고 연경이 못마땅해했을 때도 우준은 별 타격을 입지 않았다. 해마다 조금씩 곪아가며 노련해지던 연경과 달리 그는 처음부터 맷집이 좋은 사람 같았다. 어느 정도였냐 하면 연경에 대한 문자를 연경에게 잘못 보내고도 당당할 만큼 말이다.

"로맨스 푸어? 이팀장이 잘 알지 않을까요?"

어느 날 이게 연경에게 날아들었던 것이다. 우준에게서 전화가 걸려왔을 때 연경은 그가 쩔쩔맬 거라고 생각했지만 그는 별로 당황한 것처럼 보이지도 않았다.

"제가 문자를 잘못 보냈어요. 그런데 그 메시지는 진심입니다."

잘못 전달되었을 뿐 진심이라니. 연경은 그가 자신을 비꼬고 있다고 느꼈다. 베이비 푸어가 된 친구의 푸념을 들어준 적이 있고, 하우스 푸어가 된 친구의 푸념을 들어준 적이 있지만, 연경은 자신이 친구들과 같은 돌림자를 갖게 될 거라고 생각해보지는 못했다. 그런데 로맨스 푸어라니.

우준에 대한 괘씸함이 극에 달한 순간과 그게 무너진 순간은 연달아 왔다. 크리스마스 새벽, 그들이 가가호호 서비스를 다 끝내고 기진맥진해진 상태에서. 우준은 연경을 집까지 데려다주기로 했고, 연경은 조수석에서 반쯤 졸고 있었다. 그때 한적한 도로의 갓길에서 누군가가 그들의 차를 향해 손을 허우적거렸다. 낯선 할머니였는데, 보자마자 연경은 "그냥 가요"라고 말했지만, 우준은 일단 속도를 줄이고 할머니에게로 다가가 차창을 내렸다. 할머니는 차를 놓쳐서 그런데 자기 집까지만 데려다달라고 부탁했다. 택시가 좀처럼 잡히지 않는다는 거였다. 연경은 그냥 가자고 눈치를 보냈다. 이런 식으로 시작되는 범죄에 대해 들은 적이 있는 것 같았다. 게다가 새벽 두시가 넘은 시간이었다.

"우린 산타 옷을 입고 있잖아요!"

우준의 말에 연경이 "그래서?" 하고 되물었다. 우준은 태워드리자고 했다. 우리는 산타 옷을 입고 있으니 저분을 태워드리자고.

"산타 일은 이제 끝났잖아요, 우리 퇴근중이야. 그냥 갑시다."

우준이 있어서 연경은 더 단호하게 그런 말을 할 수 있었다. 혼자였다면 달랐을까? 확신할 수 없었지만 우준 같은 성향의 사람 앞에서 연경은 단호해질 수 있었다. 우준은 "그렇다면" 하고는 이렇게 말했다.

"퇴근 상태인 거니까 전 이제 자유로운 거네요."

저 할머니를 태워드리고 싶다는 얘기였다.

"오우준씨, 그럼 알아서 할머니 모셔다드리고 가세요. 난 따로 갈게."

　연경은 조수석 문을 거칠게 열고 내렸는데, 할머니가 그 순간 연경에게 너무 고맙다고 인사를 하는 바람에 좀 머쓱해졌다. 할머니는 연경이 문을 열어준다고 생각했던 것 같았고, 결국 연경은 뒷문을 열어 할머니를 태운 후 다시 조수석에 앉았다. 금방이라던 할머니의 동네에 닿은 건 거의 한 시간이 지난 후였다. 연경은 양심이 있다면 인간적으로 부탁하지 말았어야 할, 그런 거리라고 생각했다. 우준은 할머니가 그만이라고 말할 때까지 점점 좁아지는 길로 들어갔다. 할머니가 마침내 반가운 목소리로 자기 집이라고 말했고, 그들에게 아주 잠깐만 여기에서 기다려달라고 했다. 연경은 당연히 우준이 그러리라는 걸 알았고 거의 포기한 상태로 눈을 감았다. 할머니가 집으로 들어간 후 얼마간 시간이 지나도록 아무 기척이 없었고, 연경은 결국 소리를 질렀다.

　"지금!"

　지금 뭐하자는 거냐고 외치려던 순간 3층 건물 입구에서 누군가 움직이는 기척이 느껴졌다. 동그랗고 작은 몸집의 할머니가 한 손으로 계단 난간을 잡고 다른 한손으로 사각 쟁반의 중앙을 잡은 채 조심조심 내려오고 있었다. 쟁반 위에는 이백 밀리 우유 두 팩과 방금 한 걸로 보이는 계란프라이 두 개가 놓여 있었다. "내가 뭐 줄 게 없어서. 따뜻하니까 지금 먹어, 응?" 할머니가 쟁반을 내밀면서 말했다. 우준은 한입에 그걸 털어넣었다. 우유도 단숨에 비웠다. 연경도 아무 말 못하고 그것들을 먹었다. 연경은 지금도 가끔 그 계란프라이를 떠올렸는데 그건 연경이 조절할 수 있는 기억이 아니었다. 일부러 그 밤의 쟁반을 떠올린 적은 거의 없었고 어느 순간 쳐들어오듯이 그렇게 기억이 왔다. 시간이 멈추는 것 같은 느낌도 함께 왔다. 그리고 나지막한 캐럴이 들렸다.

그로부터 일 년이 지난 후, 한 달 전 크리스마스엔 연경과 우준이 한 조가 아니었다. 연경도 산타였고 우준도 산타였으니까. 우준을 산타로 추천한 건 연경이었다. 누구든 한 사람을 올려보내야 했기 때문에 그랬던 거라고 말하긴 했지만, 사실 연경은 우준이 산타로 적합하다고 생각했다. 적어도 자기보다는 말이다. 연경은 새로 들어온 다른 루돌프와 같은 패턴으로 성탄 시즌을 보냈고, 그러다 연경이 어느 아파트의 엘리베이터에 혼자 갇혀버렸을 때, 그 사십 분이 연경이 지탱해오던 것들을 절반으로, 또 절반으로 꺾어놓았다. 연경은 자신이 정말 굴뚝에 갇힌 것 같다는 생각을 했다. 나중에서야 연경은 그 사십 분으로 인해 지체된 업무를 우준이 대신했다는 얘기를 들었다. 우준은 송년 행사까지 모두 마친 다음, 올해 초에 사표를 냈다. 특별한 계획은 없지만 아마도 긴 여행을 갈 것 같다면서. 그리고 연경에게 "지난번에 뵙지를 못해서, 카드예요!" 하면서 뭔가를 내밀었는데 연경은 그게 당연히 법인 카드일 거라 생각했다. 그러나 작은 봉투 안에서 나온 건 성탄 카드였다. 특별히 별말이 적혀 있는 것도 아니었지만, 연경은 또 한 방 먹은 기분이었다.

연경이 대성리역에 닿을 때쯤 우준에게서 메시지가 왔다. 연경은 우준의 차에 올라탔다. 대성리역에서 펜션까지 차로 달리는 십 분 동안 그들은 퀸의 음악에 대해 얘기했다. 우준의 차에서 퀸이 흘러나오고 있었기 때문에. 연경은 퀸을 좋아했고 우준도 그랬다. 연경과 우준이 펜션에 도착했을 때는 저녁식사의 조촐한 건배사가 막 끝난 뒤였다. 행복한 사람들 말고도 한 팀이 더 있어서 바비큐장은 북적북적했다. 연경은 아무데나 남는 자리에 앉았고, 우준도 같은 테이블에 앉았다. 플라스틱 테이블 옆에 드럼통을 개조한 고기 불판이 놓여 있었다. 이미 불이 올려져 난로처럼 보이기도 했다. 반으로 갈린 채 옆으로 누운 드럼통은 온몸의 열기로 삼겹살이며 옥수수며 버섯이며 이것저것 올라간 것들을 데우고 있었다. 불판 위에서 삼겹살이 지글지글 익어가면서 가끔 불꽃을 위로 솟구쳐올리기도 했다. 드럼통 하나에 대여섯 명의 사람들이 있었다.

후발대로 도착한 두 사람이 겨우 앉은 자리는 오히려 국경 너머 다른 모임 쪽에 더 가까웠다. 동호회 모임 같기도 했는데, 연경은 그 모임의 회장 격인 사람이 나와서 재미있는 사실 하나를 알려주겠다고 말하는 걸 들었다. 이 펜션이 유명한 건 '사랑의 드럼통' 때문이라는 거였다. 드럼통 불판 중에 하나가 커플 제조기라는 건데, 이유는 모르겠지만 그 드럼통 앞에 앉은 사람들 중에서는 반드시 커플이 탄생한다고 했다.

연경과 우준, 그리고 같은 테이블에 앉은 사람들은 옆 동네에서 벌어지는 이벤트를 흥미롭게 훔쳐보았다. 곧 그쪽 회장으로 보이는 이가 "사랑의 드럼통은 5번입니다"라고 말했고, 그 말이 끝나자마자 모두가 앞에 놓인 드럼통의 몸체를 보기 위해 허리를 굽혔다. 전체적으로 모임의 키가 낮아진 것처럼 보였는데, 파도처럼 들쭉날쭉하더니 연경 쪽으로 다가왔다. 마이크를 잡았던 사람이 어리둥절해하더니 짜증을 냈다.

"아이, 이게 왜 이쪽에 와 있지? 아우 사장님, 이거 저희 쪽에 두셨어야 되는데!"

멀리서 펜션 사장이 이쪽을 쳐다보았다. 우준과 연경을 비롯한 몇 사람이 앉아 있는 드럼통이 바로 그들이 준비한 '5번'이었던 것이다. 동호회장은 다시 마이크를 잡고 말했다.

"여러분, 죄송합니다. 5번 드럼통도 선택을 하나봅니다. 지금 다른 모임으로 그 5번 드럼통이 갔는데요. 착오가 있긴 했지만, 행복을 빌겠습니다! 예, 예. 거기서 오늘 커플 못 되시면 바봅니다. 앞에 빈잔 있으면 다 채워주시고요. 건배하겠습니다. 잔을 눈높이까지 들어주세요. 자, 모두 다 5번 드럼통 앞에 앉으신 것처럼!"

그 무리 중에 넉살 좋은 사람 서넛이 우준과 연경 쪽으로 술잔을 들고 다가와 잠시 합류했다. 5번 드럼통의 전설은 아무래도 불균형 때문인 것 같다고 연경은 생각했다. 드럼통은 툭툭 건드릴 때마다 요란하게 흔들렸다. 우준은 연경에게서 시계 방향으로 세 사람을 건너뛰면 있었다. 연경은 고기를 먹을 때는 우준의 반대 방향 쪽으로 몸을 틀었고, 술을 마실 때는 우준 쪽으로 몸을 틀었다. 일부러 그런 건 아니지만, 그러고 있다는 것을 한참 후에야 혼자 알아차렸다.

시간이 흐르자 5번 드럼통 앞에는 국경을 넘어선 사람들이 자유롭게 모여 앉게 됐다. 행복한 사람들 소속도 있었고 동호회 사람들도 있었다. 동호회 소속 사람들이 연경에게 요즘 어떤 성탄 선물들이 인기 있냐고 물었다. 연경은 아이들의 경우를 쭉 읊은 다음, 어른들 사이의 선물이 조금 더 난해하다고 대답했다. 실제로 그랬다. 포장된 선물을 전달해달라고 하는 경우도 있었지만, 특정 물건을 구해달라고 하는 경우, 그러나 구하기 쉽지 않은 경우도 있어서 애를 먹었다. 배달한 물건 중 최악은 뭐였냐고 누군가가 물었다.

"최악이라."

연경이 머릿속을 좀 뒤져보고는 대답했다.

"연인의 팬티. 연인의 팬티를 선물로 받고 싶어한 사람이 있었죠."

팬티라니, 드럼통 앞의 사람들이 웃거나 얼굴을 찌푸리거나 했다. 그중 한 사람이 "속옷 선물은 일반적인 축에 드는 거 아닌가요?" 했고, 그 옆에 있던 이가 "아아, 이쪽은 너무 어려!" 했다. 연경은 가만히 있었지만 다른 사람이 대신 대답해주었다.

"새 팬티가 아니라 헌 팬티를 말하는 거야. 그죠?"

"아아, 연인이 입던 헌 팬티? 그게 뭐엇."

속옷 선물은 일반적인 축에 드는 게 아니냐고 했던 사람이 말을 이어가다가 급격히 수습하고는 얼굴을 찌푸렸다.

"아, 아예 안 빤 팬티를 말하는 거예요? 어우."

"그러니끼 어리디는 거지. 깨끗이 빨아놓은 펜디 같은 것도 심히 충격이 되는 나이잖아."

그렇게 말을 주고받던 사람들은 연경에게, 그래서 그 주문을 어떻게 처리했느냐고 물었다. 연경은 "펑크는 안 냈습니다" 하고 대답했다. 키우던 개에게 며칠간 팬티를 입혔다가 그걸 배달한 사실까지는 말하지 않았다. 누군가가 그렇다면 당신이 배달한 선물 중에 최고는 무엇이었냐고 물었다. 최고는 더 쉬울 것 같았는데 선물이란 대부분 좋은 것들이고 좋은 게 너무 많아서 더 고르기 힘들었다. 연경은 한참 머릿속을 뒤져야 했다. 딱 하나 잔잔하게 떠오른 것이 있긴 했는데, 그건 의외로 연경이 배달한 게 아니라 받은 거였다.

드럼통도 자정이 가까워질 즈음에는 서서히 열기를 잃어갔다. 누군가가 라면을 끓여먹자고 했고, 몇 사람이 라면 냄비를 들고 설쳤다. 라면을 먹는 사람이 있었고, 이미 방으로 들어가 잠이 든 사람도 있었고, 둘 혹은 셋씩 같은 방향으로 걷기 시작한 사람들이 있었다. 바야흐로 모꼬지가 아니냐는 듯, 비교적 봄 같은 겨울이었다.

어떤 사람들은 마치 드럼통에 묶인 소라도 된 것처럼 그 주변을 떠나지 않았는데, 그중 하나가 연경이었고, 또하나가 우준이었다. 그들은 자정을 훌쩍 넘긴 시간까지 불 꺼진 드럼통 하나를 앞에 두고 앉아 있었다. 이젠 연경에게서 시계 방향이든 그 반대든 어떻게 헤아려도 바로 옆이 우준이었다. 연경은 습관적으로 드럼통 쪽으로 젓가락을 뻗었다가 그만두었다. 남은 고기 몇 점은 굳어 있었다. 그러나 정말 화석처럼 굳어 있는 건 두 사람이었다. 두 사람은 한쪽이 먼저 일어나면 다른 쪽에 쿵, 하고 충격이 가해지는 시소에 올라탄 것처럼 그대로 앉아 있었다. 연경은 계속 이 자리를 지켜야 할지, 아니면 먼저 자리에서 일어나야 할지, 어느 편이 좋을지 알 수 없었다. 뭔가가 모두 아득해지는 기분이었다. 심지어 술 때문에 혀도 약간 중심을 잃은 것 같았다. 물론 그래봤자 입안에서 그칠 문제이긴 했지만. 연경은 고개를 들어 저만치 다른 드럼통 앞에 앉은 사람들을 보았다. 모두 각자의 술기운과 흥을 소화하느라 바빠서 여기 5번 드럼통에 남은 두 사람을 신경쓸 틈이 없어 보였다. 우준이 입을 열었는데 내일 아침 메뉴에 대한 거였다. 해장 효과가 있으면서 아침으로 적합한 것들. 각자의 노하우가 응축된 메뉴들. 오렌지주스, 쌀국수, 라면, 피자, 파스타,

죽…… 두 사람은 이미 주량을 무시하고 있었다. 마치 주량을 초과한 술이 공기 중에 알아서 비축되기라도 한다는 듯이 두 사람은 침묵이 시작되면 그냥 술잔으로 입술을 적셨다. 한참 후에 우준이 말했다.

"오믈렛 같은 건 어때요?"

"오믈렛?"

연경은 그 순간 오믈렛이란 게 좀 생뚱맞다고 생각했다. 마치 중학교 졸업 앨범에서 재확인해야 할 것만 같은, 그런 동창의 이름 같았다고 해야 할까.

"오믈렛은 왜, 오믈렛이 해장에 좋대요?"

"자주 만들어 먹거든요. 부드럽고 단백질이고 계란은 늘 냉장고에 있고, 뭐 요즘엔 아니지만."

연경은 아니었다. 여행중에 아침으로 오믈렛을 받아먹은 적이 있지만, 스스로 만들어본 적은 없었다.

"술 마신 다음날엔 뭐 하나 해 먹기도 버겁지 않나?"

연경의 말을 듣고 우준은 오믈렛의 어원에 대해 얘기하기 시작했다. 여러 설이 있지만 그중의 하나는 '정말 빠른 남자'라는 감탄에서 시작되었다는 것. 허기진 왕에게 재빨리 계란 요리를 만들어 대접한 남자가 있었고, 그를 보며 왕이 감탄을 했다는 거였다.

"다른 말들도 있지만, 전 그 이야기를 좋아해요. 그만큼 간단하게 빨리 만들 수 있는 음식인 거죠. 생각보다 어렵지 않아요."

“하와이로는 언제, 가요?”

연경이 물었다. 우준은 두 달 뒤에 출발한다고 대답했다.

“왜 하와이예요?”

“거기 섬이 계속 늘어난다는 거 아세요? 해수면 천 킬로미터 아래에서 계속 새로운 섬이 생겨나서 올라오는 거예요. 그러니까 아주 젊은 땅이거든요. 가보고 싶었어요.”

연경은 그럼 다음 섬이 언제쯤 수면 위로 올라오느냐고 묻고는, 혼자 웃었다. 약간 취기가 오른 것 같았다. 연경도 하와이에 가본 기억이 있었다. 아주 오래전이었는데, 아침 일곱시에 문을 여는 오믈렛 집을 찾아가기 위해 알람까지 맞춰놓고 잤고 여섯시 반에 가게 앞에 도착했다. 오믈렛에 대해 별생각 없이 살았던 것 같은데 그걸 떠올리자 갑자기 침이 고였다.

“부츠앤키모스란 집인데, 카일루아비치 쪽에 있는. 거기 한번 가봐요. 그 집 오믈렛 맛있었는데. 마카다미아 소스를 뿌린 건데.”

우준은 찾아가보겠다고 했다. 더 많은 사람들이 두 사람의 시야에서 사라졌다. 그러자 연경의 머릿속에, 오래전에 부러 찾아갔던 오믈렛 맛집이 또하나 떠올랐다. 그리고 하나가 더 떠올랐고, 마침내 조금 전부터 연경 주변을 맴돌던 그 희미한 새벽 캐럴이 또렷하게 들렸다. 낯선 집 앞에 차를 세워두고 올지, 오지 않을지 모르는 누군가를 기다리던 밤, 동그랗고 작은 할머니가 사각 쟁반을 들고 내려오던 순간이 떠올랐다. 그건 오믈렛이 아니라 그냥 프라이였지, 그렇게 속으로 중얼거리며 넘겨보려고 해도 그 기억이 착 들러붙어 떨어지지 않았다.

"햄? 버섯? 오믈렛에 어떤 재료 들어가는 걸 좋아하세요?"

우준의 말을 듣고서야 연경은 여기 5번 드럼통 앞으로 다시 돌아올 수 있었다. 아까부터 여기 앉아 있었지만 아주 많은 이동이 있었던 것 같은 기분이었다. 오늘이 꽤 길었다.

"글쎄. 보통 따로 사 먹는 경우가 많지 않았는데 호텔 조식 먹을 땐 뭐, 에브리싱이죠. 햄, 치즈, 버섯, 파프리카, 양파, 보이는 거 다. 재료보다도 오믈렛은 모양이 중요하지 않나? 애벌레처럼 빈약한 건 별로죠."

"애벌레요?"

"이왕이면 통통한 거요. 완벽하게 그, 무슨 공이죠? 오믈렛 모양."

"럭비공?"

"아아, 럭비공! 럭비공 모양처럼 완벽하진 않아도, 적어도 통통하다는 인상을 줬으면, 아아, 갑자기 확 당긴다! 이 시간에."

그 순간 우준이 벌떡 일어섰기 때문에 연경은 깜짝 놀랐다. 우준은 "잠깐만요" 하더니 어딘가에 급히 다녀와서는 저쪽에 계란이 있다고 말했다. 계란이 남아 있다는 거였다. 우준이 오믈렛을 만들겠다고 했다. 연경이 피식 웃었다.

"지금 이건 업무가 아니에요. 오우준씨. 내가 말만 하면 다 업무

요청인 줄 알더라고."

연경은 반사 기능을 지금 써도 된다고, 명랑하게 말했다. 우준이 연경의 귀 가까이 얼굴을 기울였다.

"알아요. 자발적으로 하는 겁니다."

연경은 휴대폰 화면을 봤다. 또 새벽 두시였다. AI로 계란값이 금값이 된 시대의 새벽 두시였다. 연경은 뭔가에 홀린 것처럼 우준의 뒤를 따라 걸었다. 두 사람은 한 손에 각자의 술잔을 든 채로 펜션을 향해 걸어가다가 입구에 방치된 포인세티아 화분 네 개를 보았다. 방치되었다는 건 연경의 표현이었는데 우준은 그걸 보더니 아직 사망 선고를 내리기에는 이르다고 했다. 포인세티아는 키우기 까다로운 식물이었지만, 모든 생물은 소생의 가능성을 갖고 있는 거라고 우준이 말했다. 연경은 그런 말들이 오늘따라 좋아 보였다.

1층에 부엌이 있었다. 소강상태로 벌써 잠든 부엌이. 그들이 부엌으로 들어가는 동안 우준은 "계란이 딱 세 개 남아 있더라고요"라든지, "18센티 팬이 딱 좋은데"라든지, "파프리카는 아까 봤는데, 햄이나 치즈는 없을 거예요" 따위의 말을 했다. 모두 예상 가능한 범위 내에서 움직였던 오늘 하루 중에 지금 이 순간, 뭔가 당혹스럽고 재미있는 일이 펼쳐지고 있다고 연경은 생각했다.

"사실 뭐 더 안 넣고 계란만으로 한 게 제일 맛있기도 하고."

연경이 그렇게 말한 건 부재료가 없어도, 계란 세 개로도 충분히 이 낭만이 안전하다는 걸 스스로에게 보여주고 싶어서였다. 연경은 기대와 실망을 반복하고 싶지 않았다. 처음부터 기대치를 낮추거나 아예 휘말리지 않는 것이 지금까지 연경을 지탱해온 어떤 룰이었다. 그러나 지금 이 5번 드럼통에서부터 자꾸 이상한 기운이 시작되고 있었던 것이다. 연경은 자신에게 특별한 순간, 사적인 시간, 그러니까 진짜 이벤트가 뚜벅뚜벅 오고 있는 건지도 모른다고 느꼈다. 그 과정이 길지 않았으면 했다. 마음 졸이고 싶지 않아서였다. 무언가가 누군가가 다가온다면 차라리 아주 불시에 자신의 삶을 급습하는 방식이었으면 좋겠다고 생각했다.

우준은 달그락거리며 뭔가를 찾아댔고, 마음에 드는 프라이팬을 고른 것 같았다. 곧이어 우준은 능숙하게 계란 세 개를 깨뜨리고 그것을 리드미컬하게 풀었다. 손놀림이 아주 가볍고 재빨랐다. 연경은 우준이 하는 것을 가만히 보다가 패딩점퍼를 벗어 한쪽에 올려놓았다.

"난, 뭘 할까요?"

"그냥, 옆에 있으시면 되는데. 음, 저한테서 반경 일 미터 밖으로 나가시진 마세요."

연경은 조금 어색해서 이렇게 말했다.

"그럼 접시에 담는 건 내가! 역할 분담이 얼마나 중요한지 알죠?"

우준이 가볍게 웃었다. 연경은 새벽 두시에 자신만을 위해 요리

하는 남자를 두 눈으로 보고 있었다. 오믈렛의 적당히 통통한 곡선, 그리고 따뜻한 온도 같은 것을 떠올리면서 말이다. 그들은 그 길지 않은 시간 동안 오믈렛의 자태와 식감에 대해 좀더 얘기했는데, 그 과정은 연경이 오믈렛을 생각보다 에로틱한 무드가 있는 음식으로 받아들이게 하기에 충분했다. 우준은 곧 실업자가 되겠지만, 가끔 현실 파악 안 되는 말을 하지만, 우준을 다는 모르고 있었던 것 같은 기분이 연경을 흔들었다. 시차가 이곳과 다른 도시에서 우준을 보면 어떻게 느껴질지 조금 궁금해졌다. 이게 단지 일상에서 조금 벗어난 이동 때문인지 아니면 정말 우준의 힘인지는 몰라도 확실히 연경에게는 해빙의 시기가 필요했다. 연경은 우준의 손놀림을 보며, 그가 만든 오믈렛이 어떤 면에서 완벽하다면, 다음 계절에 짧은 휴가 삼아 하와이행 티켓을 끊어보리라 생각했다. 우준과 상관없이, 그러나 아주 상관없는 건 아닌 채로, 그렇게 비행기표를 끊어보리라 막연하게 생각했다. 그건 연경 인생에서 처음으로 시도해보는 멀리뛰기가 될 수도 있었다. 여러모로 지금 이 순간, 오믈렛은 은유가 있는 음식이었다.

우준은 정말 금세 오믈렛을 만들었다. 일단 냄새가 좋았다. 모양도 완벽했다. 설사 애벌레처럼 빈약한 모양이었다 해도 후한 점수를 줄 수밖에 없었을 거라고, 연경은 생각했다. 이제 연경이 애쓸 차례였다. 연경은 오믈렛을 옮겨 담을 접시를 꺼냈는데 테두리가 꽃잎이나 파도처럼 멋을 부린 모양이었다. 그냥 우준에게 접시를 전달해도 되었을 것을, 이상하게 두 사람은 합심해서 오믈렛 요리를 마무리하려고 했고 어찌 보면 그게 진짜 본론일 수도 있었다. 연경이 접시를 들고 우준 옆에 다가가자, 우준과 연경 사이의 거리가 몹시 가까워졌다.

연경이 접시를 프라이팬에 뚜껑처럼 덮었다. 그리고 우준이 프라이팬을 뒤집자 오믈렛이 떨어졌다. 접시 위가 아니라 프라이팬과 접시 사이의 그 애매한 공백으로 툭.

바닥은 시멘트 그 자체였다. 타일 하나도 깔려 있지 않았다. 통통하고 탄력적인 오믈렛이 제 몸뚱이를 저 회색 바닥으로 떨어뜨리는 순간, 두 사람이 할 수 있는 건 아무것도 없었다. 너무 순식간에 벌어진, 예기치 못한 결말이었다. 우준과 연경 모두 오믈렛의 추락을 망연자실 쳐다보고만 있었다.

모든 수가 다 틀어져버렸다고 생각되던 그 순간, 움직이는 건 오믈렛뿐이었다. 오믈렛은 왼쪽으로 한 번 오른쪽으로 한 번 꿈틀거리며 제 몸을 추스르더니 몸을 발딱 일으켜 달리기 시작했다. 자신의 어원 '정말 빠른 남자'처럼 재빨리 이 민망한 상황을 탈출했다. 리드미컬하게, 춤추듯, 나 몰라라. 그렇게 말이다.

우리의 공진

내가 그 버스를 탄 건 실용적인 이유 때문이었지만 전략적으로도 마땅한 일이었다. 그 버스의 탑승객에게만 허락된 고급 정보들이 더러 있었던 것이다. 예를 들면 지난 연말 우리 팀 화장실의 변기 뚜껑이 죄다 사라진 진짜 이유 같은 것.

대여섯 달 전의 일이긴 하지만 지금도 그 아침을 생각하면 기묘한 기분이 들곤 한다. 아침 아홉시가 되기 전에 9층 화장실의 두번째 칸에 들어가는 건 내게 거의 굳은살처럼 박인 일과였는데, 그날은 두번째 칸의 문을 열자마자 다시 문을 닫았다. 바로 옆, 세번째 칸의 문을 열어보았고, 다시 또 네번째 칸을 들여다보았다. 화장지가 없었다거나 잠금장치가 떨어졌다거나 변기가 막혀서가 아니었다. 하나같이 변기 뚜껑이 없었다. 소변기가 열 개, 좌변기가 모두 열 개 들어가 있는 그 화장실은 우리 팀의 서른 명 정도 되는 남자들이 사용하는 곳이었다. 우리는 밤사이 변기 뚜껑 열 개가 통일성 있게 사라진 데에는 어떤 이유가 있을 거라고 생각했고, 변기 뚜껑의 교체 시기라든지 대청소의 일환이라는 식으로 그 상황을 이해하려 했다. 한 달쯤 지나자 다시 변기 뚜껑이 돌아왔으므로 소독, 청소, 교체, 그건 그 이상의 무엇도 아니었다.

그러나 진짜 이유는 다른 데에 있었다. 사라진 변기 뚜껑은 비품 관리 차원의 문제가 아니었다. 관리 대상은 변기가 아니라 우리였던 것이다. 우리 팀 사람들이 변기 뚜껑 위에 앉아 시도하는 쪽잠을 방해하기 위해서. 너무 농담 같은 이유라서 믿기 어렵겠지만 진실이 그랬다. 우리 팀의 평가 결과는 지난해 바닥에 닿았고 연말은 술자리가 잦은 시기였다. 어수선했고 모두가 피곤해했고 일은 손에 잡히지 않았다. 관리자들은 우리 팀이 변기 뚜껑을 덮고 그 위에 앉아 시도할 쪽잠을 막기 위해 아예 뚜껑을 떼어냈던 것이다.

내가 타는 통근버스를 사람들은 '프리미엄'이라고 부른다. 경기도 외곽에 위치한 우리 회사에서는 수도권 곳곳으로 출퇴근용 셔틀버스를 운행한다. 다 합치면 백 대도 넘을 텐데 좀더 나은 환경에서 출퇴근하고 싶다는 요청을 반영해서 몇 대의 프리미엄 버스를 더 도입한 것이다. 통근버스 안에서 자주 시비가 붙는 요즈음이었다. 사내 익명 게시판에 통근버스에서의 일이 자주 올라오곤 했다. 대강 그런 좌석 배치도가 삽화처럼 등장하는 게시물들이었다.

그렇다고 해도 이 프리미엄 버스의 신청서를 처음 봤을 때는 마치 가짜 뉴스나 농담 같았다. 기존의 통근버스 비용이 한 달에 이만 원이었다면, 이 프리미엄 버스는 한 달에 십사만삼천원을 더 내야 했다. 무려 여덟 배나 더 비쌌다. 출퇴근길에 굳이 이만큼이나 더 내고 프리미엄을 더려는 사람들이 있을까? 그런 고민은 물론 회사 차원에서 이미 다 했겠지.

신청서의 설명을 보면 시설이 월등히 좋은 걸 충분히 짐작할 수 있었다. 보통 버스의 좌석이 2-2 배열이라면 이 프리미엄 버스는 2-1 배열이고, 붙어 있는 두 좌석도 커튼으로 분리되어 모든 좌석이 독립된 셈이었다. 운전기사까지 최대 마흔한 명이 타던 버스를 그 절반이 타게 되면 넓어지는 건 좌석의 폭만이 아니었다. 차내 산소량도 아량도 넓어지는 것이다. 좌석 등받이는 최대 백육십오 도까지 젖힐 수 있는데, 모든 움직임은 단단한 외피 안에서 이뤄지는 구조라 뒷좌석에는 아무런 영향을 끼치지 않는다. 비행기의 프리미엄 좌석과 비슷한데 버스 운행중에 돌아다니는 사람은 거의 없으니 오히려 프라이버시 차원에서는 더 나을지도 몰랐다. 좌석마다 모니터와 접이식 테이블, 독서등과 비상 호출 버튼이 있고, 그리고…… 버스 가운데에 화장실도 딸려 있다는 걸 보고 나는 깜짝 놀랐다. 화장실이라니. 그게 내가 이 프리미엄 버스에 넘어간 결정적인 이유였다.

　팀에서 내 별명은 '오십칠분 내장 정보'였다. 팀장이 찾을 때마다 화장실에 가 있다는 이유 때문이었다. 정말 매 시각 오십칠분마다 화장실에 갔던 건 아니지만 내 장의 민감함은 우리 팀 모두가 알고 있었다. 거기에 아직도 적응을 못하는 건 올해 초에 부임한 팀장뿐이었다. 그는 나를 좋아하지 않았다. 자기가 찾을 때마다 내가 자리에 없다는 이유로 말이다. 내 기준에서 보자면 타이밍을 못 맞추는 건 내가 아니라 팀장 쪽이었다. 내가 화장실에 갈 때마다 나를 찾다니, 그거 하나 딱딱 못 맞추고. 익명 게시판에 그렇게 적었고, 호응이 좋았다. 나는 혼자가 아니란 기분을 느낄 수 있었고 내 글도 다른 이들에게 그런 느낌을 준 듯했다.

　직장생활 십 년이 이런 통계를 내기에 충분한 것인지는 모르겠지만 조심스레 결론을 내리자면 확실히 구관이 명관이었다. 새로 오는 상사들은 해마다 기록을 갱신하니까. "다음날 아플 것도 전날 미리 얘기해라"라고 말했던 팀장에게 놀란 게 엊그제 같은데, 새 팀장은 이런 말로 기록을 깼다.

　"너 이제 화장실 그만 가. 볼일은 집에서 미리미리 보고 오란 말이야."

　그러나 자식 문제와 배변 문제는 내 뜻대로 어쩔 수 있는 게 아니지 않은가. 나는 단호하게 대답했다.

　"그럴 수는 없습니다."

뭐야. 그는 그런 표정으로 나를 쳐다보았다.

"회사에서 만든 똥이니까요!"

아침 여섯시 반에 출퇴근용 셔틀버스에 올라탔고 집에 밤 여덟 시에 도착할 때까지 세끼를 모두 회사에서 먹었으니 결국 회사가 만든 똥이 아니고 뭔가. 내 의도는 그런 게 아니었지만 팀장은 낄 낄대고 웃었고 다음날부터 더 강도 높은 구박을 시작했다.

민감한 장이 소유자에게 통근버스에서의 팔십 분 혹은 구십 분 은 때로 엄청난 시험이 되곤 했다. 주로 전날 아내가 주는 유산균 을 받아먹고 잤다거나 바쁜 아침에 아내가 주는 해독 주스라도 한 잔 마시고 나왔을 때다. 드물지만 버스 안에서 오십칠분 내장 정 보가 수신되기 시작하면 얼마나 마음을 졸였는지, 그걸 생각하면 화장실 딸린 버스란 건 혁명이었다. 다만 돈이 문제였다.

회사보다 결재받기 어려운 곳이 집이었다. 아내는 프리미엄 버 스에 대해 듣자마자 괜찮다고 했는데 그게 프리미엄 버스를 타도 괜찮다는 건지 그 반대인지 모호했다.

"그럼 신청한다!"

"굳이 프리미엄까지는 필요 없잖아."

아내가 아들을 달랠 때처럼 말했다. 이미 나의 출퇴근 환경은 평균 이상이라면서 말이다. 물론 아침저녁으로 한 시간씩 운전해 야 하는 아내보다야 확실히 낫다는 걸 인정하지만, 그건 아내가 지나치게 평균을 깎아먹는 환경에 있기 때문이다. 나는 작년에도 몇 차례 얘기하다 말았던 차 얘기를 다시 꺼내보려 했다. 아내가 차를 사느니 그냥 프리미엄 버스를 타라고 할지도 모르니. 그러나 아내는 내 표정을 먼저 읽고는 이렇게 말했다.

"필요하면, 그대의 용돈 안에서."

접으란 얘기나 마찬가지였다. 마음을 비우고 평소와 다름없이 통근버스에 올라탔지만, 이미 프리미엄 버스로 인해 바람이 잔뜩 주입된 터라 모든 게 더 권태로웠다. 버스 통로를 걸어가면서 바로바로 앉을 좌석을 골라야 하는 일상 말이다. 그 짧은 구간을 걸어가는 동안에도 순발력이 필요했다. 통로는 하나뿐이고, 내 뒤로도 계속 사람들이 올라타고 있으니 후진은 불가능했다. 걸으면서 보고, 어디든 안착해야 했다. 나는 언제나 복도 쪽에 앉고 싶어 했지만, 나뿐 아니라 대부분이 그랬다. 이전 정류장에서 미리 올라탔을 사람들은 약속이라도 한 듯 죄다 안쪽을 비워놓고 복도 쪽으로 앉아 있었다. 겨우 비집고 들어가 창가 쪽에 앉으면, 이제 왜 인간에게 팔꿈치가 붙어 있는지를 확인하게 된다. 팔꿈치로 일정한 각을 확보해야만 하는 것이다. 우리 회사는 여성보다 남성의 비율이 훨씬 높아서 이런 경우는 드물지만, 간혹 여성의 옆자리에 앉게 될 때면 애초부터 두 팔을 곱게 모아 그 여성의 반대쪽으로 접어둬야 한다. 괜한 오해를 사기 싫어서다. 자리에 앉으면 이어폰을 귀에 쑤셔넣고 눈을 감는다. 버스가 회사에 닿아 산통 깨는 음악을 틀어줄 때까지 나는 뭔가를 틀어막아야만 한다. 거의 지혈에 가까운 몸짓으로. 내 일상은 그랬다. 운이 좋다면 비교적 날씬한 남자 옆에 앉을 수 있는 정도가 전부인, 그리고 운이 부족하다면 그 날씬한 남자로부터 이런 말을 들을지도 모르는.

"다시는 마주치지 맙시다."

버스가 회사 앞에 닿아 모두가 하차하기 직전이었다. 그 말의 수신자가 나라고는 얼른 생각하지 못해서 주변을 두리번거렸는데, 그의 시선이 내게 고정되어 있었다. 졸다 깨서 앞뒤 사정은 알 수 없었으나 그의 말은 프리미엄 버스를 타라고 부추기기에 충분한 힘을 갖고 있었다. 요즘 통근버스의 인구밀도를 생각해보면 답이 나왔다. 좌석 등받이만 뒤로 좀 젖혀도 어디선가 욕이 들리는 시대였다. 용돈이 반쪽나는 한이 있더라도 그 버스를 타보자, 한 달만이라도. 그런 마음으로 나는 신청서를 제출했다.

프리미엄 버스를 신청한 이들이 거의 부서장급 이상이란 걸 나는 전혀 모르고 있었다. 내가 이 버스를 타기로 한 건 순전히 기능 때문이었는데 그게 너무 순진한 접근이었던 것이다. 우리 팀에서 그 버스를 신청한 게 나뿐이 아니라는 사실에 안도했는데, 다른 한 사람이 팀장이라는 걸 알고는 기겁할 뻔했다. 팀장은 나와 다른 동네에 살았지만, 이 버스는 신청자가 없다보니 꽤 여러 지역을 포괄하고 있었다. 화장실 때문에 신청한 거라고 말을 해도 믿지 않는 이들이 있었다. 눈에 보이는 화장실보다는 보이지 않는 야망 같은 걸로 해석하길 더 좋아했다. 이게 아닌데 싶어 이미 제출한 내 신청서를 다시 회수해 왔다. 그리고 반으로 쭉 찢어버렸는데, 다음날 아침에는 두 동강 난 신청서를 다시 테이프로 이어 붙여 급히 제출했다. 신청 마감일에, 굳이 찢어버린 신청서를 다시 잇게 한 힘 역시 아침 통근버스의 상황이었다. 그날 내 옆자리는 누구도 앉지 않아 텅 비어 있었고, 그로 인해 내 컨디션이 확실히 버스의 영향을 받는다는 걸 확인할 수 있었다. 버스 컨디션이 좋으면 하루가 잘 풀렸다. 그렇지 않으면 언제 터질지 모르는 지뢰가 됐다. 버스는 공간이기도 했지만 시간이기도 했다. 매일 도합 세 시간을 이 버스에서 보내는데, 우연과 선착순에 의지하기엔 너무 긴 시간 아닌가. 하루에 세 시간씩 주 오 회면 일 년에는 한 달이 되니.

　　그렇게 나는 12B가 되었다. 우연과 선착순의 세계에서 이제 지정 좌석제의 세계로 오니 걸음부터 여유로워졌다. 프리미엄 버스의 정류장은 그 이전에 비해 백 미터쯤 왼쪽에 있었는데, 누구도 줄을 서지 않았다. 언젠가 우연히 줄이 형성되고 그 줄 맨 앞이 나였던 적이 있었는데, 저만치서 달려오던 버스가 나를 삼 미터 앞에 두고 멈춰 섰다. 실장 앞이었다. 내가 어디에 줄을 서든 몇 명이 그 뒤에 있든 간에 버스 문이 열리는 지점은 직급과 관련이 있었다. 프리미엄 버스의 노선과 정류장 위치가 우리 회사 임원급의 주소지와 묘하게 겹친다는 걸 나는 너무 늦게 알아챘다. 굳이 탑

승자 스무 명을 직급대로 혹은 영향력대로 줄 세우면 내가 맨 뒤에 서게 될 가능성이 높았다. 나보다 더 직급이 낮은 친구도 있는 것 같았으나 그런 경우는 줄줄이 비엔나소시지처럼 생각해야 했다. 그 친구 뒤에 누군가가 더 있을 가능성이 높았다. 예를 들면 '부장님'처럼. 부장님은 나도 아는, 나보다 오 년 늦게 입사한 친구의 별명인데, 별명이 부장님일 정도로 워커홀릭이었다. 그러다 보니 왜 사람들이 내게 야심이니 야망이니 하는 말들을 했는지 알 것도 같았는데, 그래봤자 낸 돈은 똑같지 않은가. 더 내거나 덜 내는 것도 없이 모두 똑같은 비용을 냈으니 나는 꿀릴 게 없었다. 12B는 내 자리였다.

오늘로 새 버스를 이용한 지 삼 주째. 버스에 오르면 커튼을 쳤고, 좌석 등받이를 최대로 눕힌 후 모니터를 켰다. 내 좌석은 내장된 시스템을 통해 이런 것도 알려줬다. 내가 몸을 약간 왼쪽으로 구부리는 데 익숙해져 있는데 그건 척추가 왼쪽으로 휘었기 때문이라는 것이다. 오늘 아침에도 척추가 십 도쯤 왼쪽으로 기울었다는 걸 확인했다. 그리고 몇 번 몸을 비틀어 '교정 동작'을 따라 했다. 엎치락뒤치락해도 앞뒤 좌석에 아무런 영향이 없다는 게 얼마나 편안한 일인가. 좌석 등받이를 뒤로 젖힐 때도 용기를 내야 했던 지난날에 비하면 말이다. 버스가 권해준 자세로 누워서 실크 같은 도로 위로 흘러가면 된다. 설령 내 용돈의 절반을 도로 위에 바르고 있는 거라고 해도 좋았다. 차창 밖 풍경을 휴대폰으로 찍기까지 했으니 그 정도면 말 다한 거 아닌가.

출퇴근길에 잠들지 않아서 수면의 총량은 줄어든 셈인데도 몸은 피곤하지 않았다. 버스가 가진 다양한 오락 기능 때문이었다. 코미디든 액션이든 다큐멘터리든 버스가 보유한 목록을 한 편씩 보기 시작했고, 그것들이 '최근 목록'에 자동적으로 기록되는 걸 보며 포만감을 느꼈다. 그중에 꽤 시선을 끌었던 건 진시황의 병마용갱을 배경으로 한 다큐멘터리였다. 재미있는 건 병마용갱에 몰래 들어가는 사람들이 있다는 거였다. 십오 년 전 한 독일인 행위예술가가 완벽하게 분장을 한 후 병마용갱에 몰래 들어간 사건이 있었는데, 그는 십 분간 익살스러운 표정을 짓다가 관람객들에게 발각됐다. 그에 비하면 두번째 사람의 잠입은 좀더 길게 유통됐다. 그는 호주의 열일곱 살 소년으로 무려 네 시간 동안이나 쇼를 지속한 후 발각됐다. 세번째 사람은 조각가였는데 그는 병마용갱에 들어간 후 아무런 기척도 내지 않았기 때문에 그가 다른 병마용과 구분되기까지는 만 하루가 꼬박 걸렸다. 그가 사람임을 아는 사람은 그를 촬영했던 친구뿐이었다. 그 조각가가 거기에 들어간 건 병마용들의 표정을 바로 옆에서 보고 싶었기 때문이라고 했다.

프리미엄 버스 안에서는 나 역시 돌 사이에 잠입한 누군가일 수도 있었다. 그런 목적으로 온 건 아니었지만 본의 아니게 팀장의 민낯을 보고 있었으니까. 이를테면 팀장이 아침 회의 때 "우리 팀을 두고 뭐라고들 하는 줄 알아? 퇴폐적이래"라는 말을 해도 나는 표정 하나 꿈쩍하지 않았던 것이다. 사실 그 말의 원형은 그게 아니었다. 통근버스 안의 누군가가 팀장에게 "그 팀은 너무 폐쇄적이야"라고 하는 걸 분명 나도 들었는데, 팀장이 폐쇄적인 팀을 퇴폐적인 팀으로 바꿔놓아도 아무렇지 않게 회의는 이어졌고, 그 자신도 뭘 잘못 전달했는지 인지하지 못하는 듯했다. 괴팍하다고만 생각했는데 좀 모자란 스타일이었다. 예전 같으면 "설마요, 폐쇄적인 거겠죠" 하고 치고 나갔겠지만, 나는 모르는 척 가만히 있었다. 일종의 연민이랄까. 일방적인 건 아니고, 같은 버스에 탄 이후로 팀장이 나를 대하는 태도가 좀더 부드러워진 것도 같았다. 아마 착각일 테지만.

프리미엄 버스가 기존에 타던 버스에 비해 좁은 게 있다면 가운데 통로 정도였는데, 폭이 좁아진 만큼 말들은 더 빨리 이동했다. 대부분은 이어폰을 끼고 있으니 그 말을 주워들을 사람도 별로 없겠지만, 나는 종종 일부러 귀를 열어놓곤 했다. 그러면 이런저런 말들이 돌아다니는 게 느껴졌다. 이번에 들어온 신입이 누구의 아들이라거나, 누구는 야근을 자청해서 건강이 걱정될 지경이라거나, 어디서 무슨 지침이 내려왔다거나. 어쩌면 별명이 부장님인 그 친구도 이런 말들을 자기 폰에 받아 적고 있을지 몰랐다. 그런게 생존 전략이겠지.

뭐, 내가 새겨들은 건 다른 것보다도 연휴에 대한 거였다. 다음 현충일 징검다리 연휴 때 연차를 많이 쓰도록 권장할 거라는 애기. 생활 밀착적인 정보들. 현충일 징검다리 연휴와 그 앞뒤로 최장 오 일까지 쉬게 될 거라고 얘기하면 아내는 좋아하겠지. 늘 날짜가 임박해서 휴일 공지를 하는 게 불만이었으니까. 이번에는 전체 공지보다 한 달이나 앞서서 알게 된 셈이니 이건 확실히 정보였다. 나는 이게 새 버스에서 얻은 프리미엄이라는 걸 강조해야겠다고 생각했다. 프리미엄에는 다 이유가 있는 것이고 어찌 보면 투자나 마찬가지이니, 내 버스비를 정당한 교통비로 인정해달라고 말이다.

그러나 집에 도착했을 때 분위기가 너무 황량해서 그런 말을 전달할 기회가 없었다. 아내의 아반떼 문짝에 보조개가 깊게 생겨버렸다. 아파트 주차장에서 벌어진 뺑소니였는데, 우리 차엔 블랙박스도 없었다. 아내는 문콕 테러 때문에 기분이 좋지 않았고, 일곱 살 아들은 풀이 죽어 있었다. 아마도 여러 가지가 누적된 결과겠지만 아내는 아들을 혼냈다. 엄마가 몇 번 주의를 주었음에도 방 정리를 하지 않은 죄였다. 나는 화장실에서 씻다가 아들이 혼나는 과정을 청취할 수 있었는데, 다 씻고 나서도 얼른 나가지 못했다. 나가서 아들을 달래주거나 아내를 달래주거나 뭐라도 하려고 했지만, 두 사람 중에 누구였는지 계속 방문을 여닫는 게 느껴졌기 때문이었다. 문콕 테러가 차와 차 사이에서만 발생하리란 법이 있나, 문을 열다가 다른 이가 연 문짝과 내가 연 문짝이 부딪칠 수도 있었다. 우리집 문들은 서로 마주보고 있고 너무 가까웠으니.

한참 후에 결국 문을 열고 나왔을 때에서야 비로소 나는 바보짓을 했다는 걸 알았다. 화장실 문은 안으로 열렸던 것이다. 부딪치거나 서로의 영역을 침범할 일은 애초에 일어날 수 없었다.

아들에게 다가가 몇 마디 하려 했으나 뭔 말을 해야 할까 애매했다. 내가 하려던 몇 마디가 결국 아내가 했던 말의 반복 같아서 다른 화젯거리를 찾으려고 했고, 그러다보니 튀어나온 결과물은 이런 거였다.

"지난주에도 조수석에다 과자 부스러기를 흘려놨던데. 그게 눈에 보이면 얼마나 짜증이 나겠어, 안 그래? 과자를 그렇게 사람 앉는 데다가 흘리면 어떡하니."

아들은 고개를 떨구고 숨을 크게 내쉬었는데 어른으로 치자면 한숨이겠지만, 일곱 살짜리가 무슨 한숨을! 나는 한숨 쉬는 아들을 굳이 밖으로 데리고 나왔다. 그리고 아파트 로비에 종이를 붙였다.

'문콕 테러범을 찾습니다.'

사실 그 종이를 써붙이는 게 이 동선의 전부는 아니었는데 역시 관성의 법칙은 무서웠다. 아들과 편의점에 가서 아이스크림을 사주려고 했던 걸 깜빡하고는 그냥 올라오고 말았다.

출근은 여전히 괴로웠지만 출근길은 나쁘지 않았다. 출근과 출근길이 드디어 분리되기 시작한 것이다. 세상에서 12B가 가장 아늑하다고 말하면 내가 좀 불쌍해 보일지도 모르나 사실이 그랬다. 주말이 지나고 월요일 아침이 되면 달리는 버스의 화장실에서 쾌변을 보게 될 지경이었다. 처음에는 변기가 흔들리는 게 불편했지만 뭐든 매일 조금씩 반복하는 건 확실히 도움이 됐다. 피로를 느끼지 않을 정도의 훈련법이었다. 그리고 이 생체 리듬은 늘 반복되던 오십칠분 내장 정보에도 영향을 끼쳐, 팀장과 그 문제로 부딪치는 경우가 줄어들었다. 고백하자면 나를 화장실로 가게 만들었던 오십칠분 내장 정보들이 모두 진짜는 아니었다. 그중에는 가짜 신호들도 있었을 테고, 고맙게도 그 신호들은 나조차도 감쪽같이 속였다. 배변 욕구가 느껴져 화장실로 가면 어느새 몸속의 신호가 말끔히 사라지고 단지 피곤해지는 식이었다. 그럴 때면 화장실 변기 뚜껑 위에 앉아 게임을 하거나 졸곤 했다. 때로는 둘 중 아무것도 하지 않고 가만히 앉아 있었다. 사방이 벽으로 둘러싸인 그 공간이 편안하게 느껴졌기 때문인데, 통근버스의 12B가 생긴 이후 굳이 화장실 두번째 칸에 집착하지 않게 되었다.

다만 예기치 않은 문제가 있었다. 멀미라면 열 살 이후로 해본 적이 없는 몸이었는데 요즘엔 종종 속이 메슥거렸다. 승차 정류장의 위치가 좀 바뀌긴 했지만 회사까지 가는 길은 전체적으로 예전과 크게 달라진 게 없었다. 게다가 통근 환경은 더 좋아졌다. 헤아려보면 멀미의 발원지에는 다른 것보다도 '말'이 있었다. 통로를 타고 들려오는, 내 신경을 집중시키는 그 정보들 말이다. 집중하니 멀미가 유발되는 건데, 떠도는 말을 탓할 수는 없으니 결국 너무 얇아서 외피 기능을 못하는 내 몸뚱이를 탓해야 했다. 뭔가가 웅얼웅얼하면 나는 그 말에 주파수를 맞추느라 피곤해졌다. 들리지 않는 무언가를 잡아보려고 애를 쓰다가 지쳐버린 거다.

커튼 안에서, 나는 병마용이 나오는 화면을 틀어두고 이어폰은 끼지 않았다. 화면에는 자막이 있었고, 사실 전달할 소리랄 것도 거이 없었고, 이 다큐를 내가 몇번이나 반복해서 보고 있었으니 내용 파악에 장애가 될 만한 것도 없었다. 게다가 이건 그냥 알리바이 정도였다. 병마용은 원래 자줏빛이었고 모든 개체의 생김새가 달랐다. 그러던 것이 대기오염 때문에 혈색이 바랬고, 세월에 모두 비슷한 것처럼 무뎌졌다. 관람객들이 볼 수 있는 건 대부분 나무보다는 숲이다. 하나하나의 표정에 집중한다기보다는 이 거대한 규모의 병마용갱에 더 집중하니까. 그래서 그 안으로 숨어든 한 사람의 모험에 더 경의를 표하고 싶었다. 병마용 사이에 숨어든 이는 오늘도 아주 찬찬히 그 돌들을, 표정들을, 원래의 빛깔들을 들여다볼 수 있었을 것이다. 모두 동일한 얼굴은 하나도 없다는 걸 피부로 체감했을 것이다. 그리고 그 역시 고유한 하나로 그 안에 섞여 있었다.

눈과 귀가 다른 일을 하는 동안 손도 뭔가 고유한 일을 하고 싶어했다. 모니터에 딸린 메모장 기능이 유용했다. 가만히 있으면 멀미가 더 나는 것 같았기 때문에 오가는 말을 들으며 검지로 아무거나 그려댔다. 그것 역시 과로의 결과였다. 모니터 위에 덩그마니 남은 건 하필 타이어였던 것이다. 과연 타이어 회사 연구원의 낙서다웠다.

그리고 몇 시간 후 퇴근길, 모니터 옆의 메모장을 클릭했다가 내가 그려둔 타이어 옆에 좀 이상한 타이어가 그려져 있는 걸 발견했다. 다소 황당했다. 누군가가 나를 따라 그려둔 그 타이어는 어찌 보면 튜브 같기도 하고 도넛 같기도 했다. 내가 업무의 연장으로 고민한 흔적에 대해, 다른 누군가가 마치 장난처럼 따라 해놓은 흔적이었다. 어떤 종류든 관리자나 그 비슷한 놈들이 통근버스 모니터까지 관리하나 싶어 섬뜩해지기도 했다. 여러 가지로 기분이 어수선했던지라 거기다가 이렇게 적어두려다가 말았다.

'이런 패턴이라니. 공진을 고려하셔야죠. 소음 없는 승차감이 생명인 거 모르십니까. 타이어 패턴에 변화를 줘야죠. 십육등분을 해서 도로와 계속 같은 홈, 같은 패턴을 느끼지 않도록.'

그걸 금세 지우고 딱 두 줄만 써놓았다.

'이렇게 만들면 겨우 굴러가기만 할 겁니다. 공진을 고려하셔야죠.'

다시 보이지 않는 안테나를 세워올렸다. 정보라 할 말들은 출근길보다 퇴근길에 훨씬 많이 들렸으니까. 그러나 잠시 후에 또 이상한 기분을 느껴야 했는데, 내가 오른쪽으로 십팔 도 기울었다는 진단을 받았기 때문이었다. 이상하지 않은가, 분명 아침까지만 해도 나는 왼쪽으로 기울고 있었는데 몇 시간 사이에 오른쪽으로?
가만 보니 사용자 이름이 달랐다. 나는 '게'였는데 오른쪽으로 십
팔 도 기울어진 몸은 '천칭'의 것이었다. 게 페이지로 돌아가는 화
면을 얼른 찾지 못했으므로, 본의 아니게 천칭의 상태를 읽게 되
었다. 그것은 대략 두어 시간 전에 입력된 정보였다. 천칭은 아마
도 내 뒤에 이 버스를 활용하는 사람인 듯했다. 모니터의 다른 페
이지들을 가볍게 열어보았다. 내가 보던 다큐멘터리를 누군가가
다시 처음부터 본 흔적이 있었다. 12B가 온전히 나만의 것이 아니
란 걸 여러 각도에서 재확인할 수 있었다.

업무 효율을 위해 변기 뚜껑을 떼어낼 정도의 회사라면, 12B의
모니터를 엿보는 것쯤은 일도 아니지 않을까. 그런 생각들로 찜찜
했던 나는 다음날 출근길에 가장 마지막으로 하차한 후, 버스 기
사에게 음료수를 건넸다. 그리고 이런저런 대화를 시도했는데, 버
스 기사는 그 버스가 온전히 자신의 소유라고 했다. 우리 회사는
단지 거래처에 불과했던 것이다. 그 말을 들으니 좀 안심이 됐다.
게다가 이 버스가 아직 우리 회사 말고 단 한 곳을 더 다닐 뿐이라
는 말도 들을 수 있었다. 어느 신용카드 회사였는데 그쪽은 우리
보다 늦게 출근하고 일찍 퇴근하고 있었다.

"그럼 제 자리를 딱 두 명만 쓰고 있는 겁니까?"

"뭐, 그렇죠. 주말에는 관광을 뛰지만, 평일에는 두 분 전용이죠."

그건 좀 묘한 일이었다. 여러 명이라면 무뎌졌을 흔적이 단 두

사람의 공유라고 생각하니 그때부터 뭔가가 도드라져 보이는 거였다. 오늘은 수요일이었다. 퇴근길에 좌석 틈새에서 나보다 조금 먼저 퇴근했을 누군가의 긴 머리카락 한 올을 발견했다. 너무 얇지도 굵지도 않은 그것은 내 팔꿈치에서 손목까지의 길이를 훌쩍 넘겼다. 음악 목록을 띄워보면, 내 것이 아닌 건 다 다른 한 사람의 것이었다. '천칭' 말이다. 이승훈의 〈비 오는 거리〉를 들어보았다. 이건 나도 좋아하는 노래였고 마침 차창 밖으로 툭, 툭, 빗방울이 맺히고 있었다. 오랜만에 이어폰으로 귀를 틀어막고 온전히 음악을 들었다.

　서둘러 메모장을 다시 열어보았다. 처음에는 누가 날 비꼰다고 생각해서 그렇게 기본적인 설명을 달아둔 거였는데 그 타이어 그림을 그려놓은 사람도 천칭이라는 말이 아닌가! 그렇게 생각하자 내가 너무 예민한 반응을 보였던 것이 민망해졌다. 타이어 그림은 메모장에 그대로 있었다. 주말에 관광용이 되면 이 메모가 사라지거나 뭐가 덧입혀질지도 모르지만, 그러니까 훼손될지도 모르지만 지금은 평일이고 그래서 타이어 두 개는 나란히 있었다. 하나는 타이어 회사에 다니는 전문가의 것, 다른 하나는 신용카드 회사에 다니는 천칭의 것. 천칭의 타이어는 여전히 타이어라기보다는 도넛, 혹은 튜브, 혹은 캔디처럼 보였다. 타이어로 캐릭터를 만들 수 있겠다는 생각도 들 만큼 귀여워 보이기도 하는 그림이었다. 그리고 아래에 화살표로 연결된 질문이 달려 있었다. 메모장을 다시 열어보지 않았다면 볼 수 없었을, 작은 글씨였다.

'공진이 뭔가요?'

분명히 내가 적어둔 낙서를 본 후 답을 달아놓은 것, 그러니까 나를 의식한 메시지였다. 익명 게시판이지만 사용자는 단 두 명뿐이라는 사실, 그러니 어찌 보면 일 대 일이라는 사실이 나로 하여금 재깍 답을 달게 만들었다. 나는 떠오르는 대로 적었다.

'모든 물체는 다 고유 진동수라는 걸 갖고 있는데 그 진동수가 겹치는 순간 에너지가 생겨납니다. 군인들이 발맞춰 행군할 때 다리가 무너지는 일도 있고, 몇 층 아래 태보 동작 때문에 건물이 흔들리기도 하죠. 그래서 타이어는 공진을 줄이려고 애쓰죠. 그러니까 타이어의 패턴이 똑같으면 도로가 그 반복을 인식하면서 공진 현상을 겪게 됩니다. 그렇기 때문에 일부러 뭔가 다른 패턴을 더 넣어서 반복을 읽기가 쉽지 않게 만들죠. 그리고……'

그러다가 버스에서 내리기 전에 그 말들을 다 지워버렸고, 몇 줄만 남겨두었다.

'모든 존재는 다 파동을 가지고 있는데 그 파동이 겹칠 때 뭔가 벌어집니다. 한 사람이 다른 한 사람을 만날 때도 그들의 진동수가 일치하면 스파크가 튀죠. 사랑도 공진의 결과물이에요.'

어떻게 이런 말이 술술 나오나 했는데, 다 쓰고 나서야 깨달았다. 예전에도 같은 문장을 주거니 받거니 했던 적이 있다는 걸. 공진이니 파동이니 그런 얘기를 먼저 꺼낸 건 아내였고, 나는 단지 같이 흔들립시다, 했을 뿐. 그 사실을 깨닫자 기분이 좀 이상했는데 불과 십 년 전에 했을 그 대화가 애초에 존재하지 않았던 것처럼 여겨졌기 때문이었다. 마치 저번 생에서나 했을 법한 말처럼.

나는 천칭의 정보를 더 알게 되었다. 처음에는 큰 노력 없이, 나중에는 조금 노력해서. 어떻게 보자면 그게 이 프리미엄 버스의 덤과 같은 기능이었는데 이제 와서는 그게 진짜 기능 같기도 했다. 내가 누군가에게 호기심을 품는 게 불법은 아니지 않은가. 천칭은 삼십 세의 여자고, 매일 아침 별자리 운세를 확인하고, 오른쪽으로 몸이 기울어버린 사람이었다. 누구나 기울어 있다면 왼쪽 혹은 오른쪽, 둘 중 하나겠지만 그 사실은 뜬금없게도 사람 인人 자를 떠올리게 했다. 한 명은 왼쪽으로 기울고 다른 한 명은 오른쪽으로 기울어서 마침내 온전히 사람을 이루는. 과장하자면 잠입한 병마용갱에서 다른 누군가를 발견한 기분이었다. 그러니까 사람은 나와 너, 둘뿐인 거고 그건 경계와 호기심의 단계를 거쳐 반가움과 연대감으로 이어지고 있었다. 그 이상은 확실히 아니었으니, 불법은 아니지 않은가. 그렇게 불법은 아닌 감정을, 나는 즐기고 있었다. 불법은 아닌데 더이상 아내에게 버스비를 내달라고 졸라대진 않았다.

프리미엄 버스를 탄 이후 내게도 몇 가지 변화가 생겼는데 그중 하나는 야근을 군말 않고 하게 됐다는 거였다. 팀장에 대한 연민과는 별개로, 버스에서 주워들은 몇 가지 말들 때문이었다. 야근이 뭐 대수인가 했는데 그런 게 다 집계되고 있는 줄은 몰랐다. 아마 '부장님'도 비슷한 말을 들었겠지. 그 친구는 나보다 더 먼저 이런 사실을 깨닫고 재빨리 행동했을 것이다. 프리미엄 버스는 퇴근용으로 세 차례나 운행됐는데 그중에 막차를 타본 건 처음이었다. 내가 탑승하는 시간대 외에는 자리가 없을 수도 있었지만, 다행히 막차는 좌석이 아직 여유롭게 남아 있었다. 퇴근길의 절반을 조금 넘겼을까, 한 번도 사용해본 적 없었던 비상 호출 버튼이 작동했다. 놀라서 커튼을 걷어보니 낯선 운전기사가 내게 어디에 내리느냐고 묻고 있었다. 운정 아파트라고 하자 그는 약간 퉁명스러운 목소리로 말했다.

"어우, 이거 막찬데."

"막차요?"

"지금 차고지로 가는 건데 이거. 막차라 거기까지 안 간다고요."

둘러보니 모든 커튼이 이미 열려 있었고 버스에 남은 승객은 나 하나였다. 자정을 갓 넘긴 시간이었다. 나는 잠이 덜 깬 상태로 주섬주섬 가방을 챙겨 일어났고, 기사는 작게 한숨을 쉬더니 그대로 앉아 있으라고 말했다.

"예?"

"앉으시라고요."

　기사는 저 앞 갈래에서 휙 버스를 틀어 나를 집 앞에 내려주었다. 버스정류장 몇 개를 그대로 통과해서 매뉴얼에 없는 길을 달려서 말이다. 그렇게 나를 편의점 앞 정류장, 그러니까 거기까지 안 간다던 정류장에 내려주고는 떠났다.

　다음날 아침, 나는 지난밤의 일에 대해 버스 모니터 속의 메모장에 적어두었다. 통근버스 막차가 나를 집 앞에 내려주고 어쩌고. 독백일 수도 편지일 수도 있는 애매한 메모였지만 그 정도 적는 데도 고민을 했다. 여기가 아니라면 사내 익명 게시판에 적었을지도 모른다고 생각하면서, 어디든 적어둘 만한 일이지 않으냐고 생각하면서. 천칭을 고려해서 쓴 건 아니라고 생각하면서. 그러나 퇴근버스에 올라타자마자 천칭이 어떤 반응을 보였을지 궁금해서 메모장을 열었다. 타이어에 대한 얘기 이후 천칭과 나는 그런 대화를 더 주고받은 적이 없었다.

　'1인용 버스네요. 그거야말로 일상의 다른 패턴이잖아요, 다 안다고 생각하면 권태로워지지만 이런 일들 때문에 삶에 대해서 장담할 수가 없죠. 걷다보면 전혀 예기치 않은 지점에서 대가 없는 위안을 받을 때가 있으니까요. 공진은 사랑도 만들어내지만, 가끔 우리는 건물이 무너지는 것처럼 파국으로 공진을 확인할 때도 있잖아요.'

　대가 없는 위안이라, 정말 그랬다. 따지고 보면 천칭 역시 길에서 만나게 된 사람이었다. 한나절의 시차를 두고 다가온 그 문장

몇 줄이 내 하루를 지탱하고 있었으니.

집으로 돌아와 아내에게도 지난밤의 버스 얘기를 꺼낸 건 한번 더 확인받고 싶어서였다. 그러나 같은 얘기에 아내는 이렇게 반응했다.

"거짓말일 수도 있어."

거짓말이라고? 나는 아내가 '거짓말'이라고만 하면 그 거짓말의 주체가 누구인지와 상관없이 가슴이 철렁 내려앉았다. 아내는 참외를 요란하게 베물며 말했다.

"원래는 막차라고 해서 노선이 다른 게 아니었던 거지. 막차는 정규 노선의 삼 분의 이만 달린다고 어디 나와 있었어?"

"못 본 것 같은데."

"거봐. 그럼 사실이 아닐 가능성이 커. 막차라고 해서 그렇게 절반 좀 넘게 달린다는 건 원칙이 아니라 그냥 습관이었던 거지. 관행 같은 거. 사람들이 늦으면 보통 여기까지 잘 안 오니까, 대충 정류장 몇 개 생략하고 차고지로 갔는데, 그러려고 했는데 웬 놈이 안 내리고 있는 거지. 기사가 얼마나 짜증이 났겠어. 한 명이 걸리적거리니 말이야."

아내는 좀 신이 난 것처럼 보이기도 했다. 접시 위의 참외를 소화하는 속도도 엄청 빨랐다.

"아니, 아니, 통근버스잖아. 그런 설명은 없을 수도 있지."

내 말에 아내는 통근버스나 마을버스나 광역버스나 별 차이는 없다고 했다. 아무튼 아내 말에 의하면 나는 융통성 있게 마감을 하려던 버스 기사 앞에 나타난 혹 같은 존재로, 기사는 단지 불쾌한 기분으로 몇 개의 정류장을 건너뛰며 혹을 뗀 것에 불과하다는 거였다. 내가 선물받았다고 생각했던 그 몇백 미터를 아내는 눈치 없는 혹으로 규정해버렸다. 내가 믿을 수 있는 이야기는 두 종류가 있는 셈이었고, 어차피 운전기사의 진심을 알 길이 없다면 믿고 싶은 걸 고르는 게 상책이었다.

스트레스는 뭔가를 지키려는 데서 오는 법이다. 내가 지켜야 할 것이 하나 더 늘어났다. 예전에는 책상이 전부였다면, 지금은 거기에 통근버스의 좌석까지 하나 추가된 거다. 처음에 12B는 그저 안락한 자리였을 뿐인데, 지금은 거기에 온갖 의미까지 따라붙었다.

프리미엄 버스에서 주워들은 말을 팀 동료들에게 하면 몇은 가볍게 웃었고 몇은 웃지 않았다. 웃지 않는 사람들은 내가 프리미엄에서 주워온 말들이 귀한 정보라는 걸 이미 간파한 이들이었다. 그들 중 하나는 뒤늦게 이 버스에 탑승하려고 했지만 이미 빈자리가 없다는 말을 들었다. 이 버스가 이렇게 금세 만석이 될 거라고는 아무도 예상하지 못했다. 프리미엄 버스가 몇 대 더 추가될 거라는 얘기가 돌았고, 추가된 버스에는 부서장급 이상이 우선적으로 신청할 수 있다고도 했다. 이런 말을 들을 때마다 신경이 쓰인다는 게 더 짜증스러웠다. 내가 돈을 덜 내는 것도 아닌데, 왜 진짜 병마용 사이에 끼어든 가짜가 된 기분을 느껴야 한단 말인가. 한 사람은 십 분 만에 발각됐고, 한 사람은 네 시간 만에, 그리고 다른 사람은 만 하루 만에 발각됐고, 또 어떤 사람은 이렇게 한 달 만에 발각되는 건가, 하고.

아직 통근버스에서 내가 겪는 멀미는 완전히 해결되지 않았고, 어쩌다 그 멀미를 망각하는 순간이 있어 그럭저럭 버티고 있었다. 멀미를 망각하는 순간 덕분에 멀미를 견딜 수 있었다고 해도 아주 틀린 말은 아닐 것 같았다. 아마도 천칭이 입력한 생일, 그러니까 진짜 생일인지 설정인지는 몰라도 그녀 스스로 선택한 그 생일을 우연히 읽은 날, 나는 메모장에 손끝으로 케이크를 그려두었다. 누군가가 케이크 위의 촛불을 '후' 하고 불 때 서른 개의 초가 코스모스처럼 가볍게 흔들리는 걸 상상하면서. 그런 상상을 하는 게 불법이라고 누가 말할 수 있단 말인가. 아내는 그런 망각의 순간에 대해서는 알지 못했고 내 멀미에 대해서만 알고 있었다. 그리고 그게 다 공진 때문이라고 했다.

십 년 전에 사랑을 공진으로 설명했던 아내는 이제 내 멀미를 말하고 있었다. 모든 신체 부위는 특정한 진동수를 갖고 있는데, 유독 내 뇌와 위의 진동수가 버스의 진동수와 맞지 않는 게 분명하다면서 말이다. 나는 그게 아니라고 얘기했다. 내가 버스와 잘 맞지 않는 게 아니라 단지 뭔가에 너무 집중한 나머지 멀미를 하는 거라고. 뒤쪽에서 심상치 않은 말들이 들려오는 것 같으면 최대한 귀를 뒤쪽에 가깝게 열어두고 숨을 죽였다. 여기저기서 다른 진동들도 느껴졌다. 다른 에너지들을 걸러내고 듣고 싶은 말에만 집중해야 했다. 다는 아니더라도 떠도는 말 중에 몇 마디쯤은 어디로도 안착하지 못한 채 내게 왔다.

"한 사람만 내리면 좌석이 두 개 되는 거 아냐?"

이런 말을 분명 들은 것 같았고 그 말이 종일 귓속을 맴돌았다. 나도 모르게 그 한 사람에 나를 대입해보게 된 거였다. '프리미엄 버스 이용자 실태 조사'라는 설문지는 암호처럼 들렸던 그 말의 해석을 돕는 듯도 했다. 버스 안의 기능들에 대해 만족도와 활용도를 묻는 항목이 많았는데, 나중에 공개된 결과에 따르면 생각보다 화장실이 불필요한 기능으로 꼽히고 있었다. 내가 타는 버스 안에서 지난 한 달간 화장실을 이용한 사람은 거의 나뿐인 것 같았다. 이렇게 생각하자 내가 내리면 화장실도 함께 떼어낼 수 있으니 좌석 두 개가 확보되는 게 아닌가, 하는 결론이 났다. 나 혼자만의 추측에 불과했지만, 꽤 그럴듯했다.

나는 12B를 내줄 생각이 없었다. 그런데 대기 1번이 버스 좌석을 받게 되었다는 얘기를 들었다. 일이 손에 잡히지 않았다. 하차 1순위가 나라고 생각했던 것이 스스로도 짜증스럽지만, 실제로 그랬다. 변기 뚜껑을 떼어내는 회사가 뭔 짓이든 못하랴. 그러나 내 자리는 그대로였고, 버스에서 먼저 하차한 사람은 '부장님'이었다. 별명이 부장님일 만큼 회사에 딱 붙어 있었던 그 친구가 회사를 그만두기로 했다는 얘기였다. 그가 좌석을 포기하는 바람에 대기 1번이 버스에 입성할 수 있게 됐다.

팀원들은 내게 주워들은 얘기 없느냐고 물었지만, 나는 최근에 천칭에게 집중하느라 음악을 듣느라 어떤 말이 들려도 놓쳤을 가능성이 높았다. 사람들은 그 친구가 우리 회사를 관두는 거라면 더 좋은 곳으로 스카우트됐을 거라고 말했다. 그가 대체 어떤 줄을 잡은 것인지 궁금했다. 그러나 어딘가에 주파수를 맞추고 집중하는 것 자체가 힘에 부쳤다. 여전히 버스 안에서는 모두가 언론이었다. 어디론가 전화라도 걸어 나 역시 아무 말이나 그럴듯하게 지껄이고 싶었다. 언제까지 나라고 수신만 하고 있을 텐가. 내 말은 정보로서의 가치가 없을지 모르겠지만, 나도 말을 할 수 있다는 사실을 보여줄 필요가 있지 않을까. 아마도 그런 생각의 발로였을 것이다, 내 안에서 시작된 신호들은. 내가 그걸 무시하고 있으니 얼마 후 오십칠분 내장 정보가 이런 소리로 존재감을 과시했다.

뽕.

밀폐된 병뚜껑 따는 소리와 함께 내 안의 무언가가 빠져나갔다. 아무도 그 소리를 못 들었을 거라고 생각했지만 세상에서 가장 발빠른 건 역시 냄새와 말 아닌가. 어디선가 커튼이 재빠르게 움직이는 소리가 들렸고, 놀란 건 나였는데 버스가 급정거했다.

아마 화장실을 떼어냈다고 하더라도 나는 제 발로 버스를 떠나지 않았을 것이다. 스트레스가 없진 않았지만 나는 좀 행동력이 부족한 타입이어서 뭔가를 박차고 나가는 것도 쉽게 하진 못했으니까. 그런 나를 기어코 움직이게 만든 지점은 다른 곳에서 나타났다. '혹시 이번 주말에 시간 되세요?'라고, 어느 날 천칭이 내게 먼저 만나자는 제안을 해왔고 그게 내가 버스를 떠나게 한 지점이었다. 그녀가 내게 먼저 제안을 했는데도 나는 나가지 못했다. 여러 이유가 있었으나 그중에 가장 영향력 작은 이유에 대해서만 슬쩍 얘기하자면, 그녀가 날 '팀장님'으로 불렀기 때문이었다. 그녀는 이 버스가 우리 회사의 프리미엄급들만 타는 버스라고 생각했던 건지도 모른다. 사실 나만 빼면 정말 그랬다. 그랬기 때문에 나는 천칭이 남긴 메모의 수신인이 나란 생각을 감히 할 수 없었다. 그래서 다음달 버스 신청서를 내지 못했다.

결과적으로는 '부장님' 한 사람이 나갔을 뿐인데 나까지 두 사람의 자리가 빈 셈이었다. 그 둘 사이에 아무런 연관이 없다고 해도 타이밍이 묘하게 겹쳤다. 나와 자주 티타임을 갖는 팀원 하나가 대기 2번으로 그곳에 들어가게 되었는데 거기서는 여전히 정보들이 오간다고 했다. 그 팀원은 아직도 화장실은 건재하며 조만간 그게 하나의 좌석으로 추가될지도 모른다는 얘기를 했다. 그리고 내게 별명만 부장님이었던 그 친구의 진짜 퇴사 얘기를 전해줬다.

"그 사람이 그만둔 건 가족과 함께 하는 삶을 위해서였대요. 여기서는 불가능하다는 결론을 내린 거죠. 의외지요?"

의외였다. 그는 또 최근에 주워들은 얘기 하나를 알려줬는데, 그건 지난해 연말에 사라졌던 변기 뚜껑이 다시 돌아오게 된 경위에 관한 거였다. 변기 뚜껑이 사라졌다가 다시 돌아왔을 때 내가 어떤 기분을 느꼈는지는 잘 기억나지 않았다. 당연히 연말의 술자리 때문이었으니 해가 바뀐 후 변기 뚜껑이 돌아왔던 거라고 이해하고 있었고, 변기 뚜껑이 사라진 것에 비하면 변기 뚜껑이 돌아온 것은 그다지 중요한 사건이 아니라고 생각했다. 그 변기 뚜껑이 증발해 있던 몇 주 동안 33층짜리 우리 회사 건물이 부르르 흔들린 적이 있었고, 그때 32층 회장실 바닥이 거의 바다 위에 있는 것처럼 흔들렸다고 했다.

"그 요동이 9층 화장실에서부터 시작됐다는 거죠."

그의 말에 나는 믿기 어렵다는 듯이 되물었다.

"9층 화장실에서부터? 아니 왜요?"

그는 너무 당연하다는 듯이 공진 얘기를 꺼냈다.

"공진이라고요? 공진이라는 얘깁니까?"

몇 해 전에 서울의 40층 건물이 흔들려 대피 소동이 벌어졌던 게 그 건물 12층에서 시작된 태보 움직임 때문이었던 것처럼. 행군하던 군인들 때문에 교량이 무너지기도 했던 것처럼. 그건 믿기 힘든 정보였다. 우리는 화장실에서 행군을 하거나 태보를 하거나 에어로빅을 하지 않으니까. 소프라노로 노래를 하거나 비명을 지를 일도 없으니까. 대체 어떤 화장실의 파동이 수직 상승을 해서 회장실 바닥을 건드렸단 말인가. 회사에서는 변기 뚜껑이 있을 때와 없을 때를 놓고 굳이 비교 실험을 하지는 않았다. 단지 예전처럼 변기 뚜껑을 다시 갖다놓았을 뿐이고 지금까지 별문제가 없다는 얘기다.

믿지 않는 내게 팀원은 그런 얘기를 해줬다. 회장실에 진동이 느껴졌던 그때가 하필 오십칠분 즈음이었고, 그 시각에 화장실에 있었던 건 나 하나였다고. 9층 화장실 출입에 대한 CCTV 판독 결과가 그랬다는 거였다.

"저요?"

나는 너무 놀라서 그렇게 되물었고, 팀원도 내 이름을 버스 안에서 듣게 되어 너무 놀랐다고 했다. 팀장이 나의 주기적인 '오십칠분 내장 정보'에 대해 증언했다고 했다. 그러면서 그는 내게 대체 그 안에서 무슨 일을 했느냐며, 정말 혼자 있었던 게 맞느냐고 물었는데, 나는 뭐 그런 농담이 있느냐는 대꾸밖에 할 수 없었다.

엘리베이터 앞에 붙였던 글―문콕 테러범을 잡습니다―은 어떤 제보도 전달해주지 못했다. 거기에 적었던 내 휴대전화 번호로 공업사의 홍보 문자 하나가 도착했을 뿐. 기가 막히게 문짝을 펴준다던 그곳으로 나는 주말에 차를 몰고 갔다. 조수석의 아들 녀석도 함께였다. 그런데 마치 내 속을 뒤집어놓으려고 작정한 듯이 과자를 와그작거리며 먹고 있었고 그러다 부스러기를 흘렸다. 아들은 내 쪽을 흘끔 보더니 부스러기를 조수석의 등과 바닥 사이 경계로 열심히 밀어넣었다. 지금 뭐하는 짓이냐고 묻자, 아들은 별로 놀라지도 않고 아빠가 시킨 대로 했다고 대답했다.

"보이는 자리에 흘리지 말라면서?"

"그랬지. 그렇다고 그 틈새에 집어넣으면 어쩌라는 거냐고."

나는 돌아버릴 것 같다는 표정을 지었는데, 그런 표정을 지은 사람이 나만은 아니었다. 아들은 머리에서 열이 나는 듯 손부채질을 해가며 이렇게 말했다.

"도대체 날더러 어쩌란 말이야."

그 말이 거의 절규에 가깝게 느껴져서 나는 잠시 멈칫, 했다. 나는 겨우 마음을 가라앉히고서 말했다.

"네 생각엔 길이 꼭 그 두 개밖에 없는 거 같니?"

"그럼 뭐가 또 있어? 제3의 길?"

"제3의 길?"

꼬맹이에게서 팀장이 쓸 법한 말을 전해듣는 게 묘했지만, 나는 얼른 대답했다.

"넌 적어도 차에서 과자를 먹는 데에는 재능이 없는 것 같으니, 그건 그만두도록 해."

"그럼 과자를 어떻게 먹으란 말이야."

"차 밖에서 먹는 거지."

"그럼 차에서는 뭘 하구?"

"차에서는 음악을 듣도록 해."

"최경렬 쌤 강의를 들어야 하는데."

아들은 웬 영어 교재를 가리켰다. 그 강의를 들을 때마다 입이 심심해져서 뭔가를 먹게 된다고 했다.

"아냐, 음악을 듣도록 해. 최경렬 쌤 강의인가 그걸 들으면 더 입이 심심해지잖아. 그러니까 음악을 들어."

그러고서 라디오를 켰는데 이승훈의 〈비 오는 거리〉가 흘러나왔다. 비 오는 날도 아니었는데. 나는 아들에게 말했다.

"아빠가 저번에 통근버스 막차를 탔는데, 막차 노선이 달라서 엉뚱한 데 멈추더라. 그런데 그때 운전기사가 버스를 획 틀어서 우리집 앞에 아빠를 내려준 거야."

"택시처럼?"

"그래! 택시처럼. 너 이 일에 대해 어떻게 생각하니?"

나는 객관식처럼 두 개의 보기를 들어주려고 했다. 1번 네 엄마 버전, 2번 천칭 버전. 그러나 아들은 확실히 제3의 길을 좋아하는 듯했다. 아들이 말했다.

"한번 더 타봐."

"응?"

"또 어떻게 되나 보게."

버스에 자리가 없어서 아빠는 더 탈 수가 없다고 하자 아들이 말했다.

"기다리면 되지."

아들 말로는 열두시쯤 집 근처 정류장에 서서 버스가 이 앞으로 지나가는지 아닌지를 보면 된다는 거였다. 그럴듯했다. 막차라 노선의 삼 분의 이만큼 단축 운행을 하는 거라면, 이 앞으로 회사 버스가 나타날 리가 없을 테니까.

그렇게 우리는 밤의 버스를 기다리게 됐다. 자정이 되기 십 분 전이었고, 나 혼자는 아니고 아들과 함께였다. 우리는 편의점 앞 플라스틱 테이블 위에 간식들을 늘어놓은 채 기다렸다. 프리미엄 버스가 이 앞으로 지나갈까 안 갈까. 마치 병마용들 사이로 들어갔던 그 행인처럼 내가 조금 다른 목적으로 그 통근버스를 기다린다는 걸 아는 사람은 아들뿐이었다. 그렇다고 이 일곱 살짜리 아들이 아빠가 회사에서 소외를 당하고 있는 건지 아닌지에 엄청 몰입해 있는 것은 아니었다. 다만 아들은 쏟아지는 졸음을 참느라 뭔가를 계속 입에 넣으면서도 내 곁에 있었다. 너무 먹는다 싶었는데 역시나, 최경렬 쌤의 영어 교재를 앞에 펼쳐둔 채였다. 이 시간에 깨어 있는 일곱 살은 이 아이가 유일할지도 모른다는 생각이 들었고 아들이 한없이 안쓰러워졌다. 내가 괜한 일을 벌이고 있었다.

"여기서 뭐가 보이겠니, 이 밤에."

"이거 야광이야!"

그렇긴 했다. 아들은 내가 측은하다는 듯이 쳐다보는 걸 느꼈는지 애어른처럼 말했다.

"나 야행성이래. 괜찮아, 아빠."

목소리는 명랑했지만 눈가에는 졸음이 덕지덕지 묻어 있었다. 난 이만하면 됐다고 생각했다. 정말 뭔가를 확인해야 하는 건 아니었다. 내가 그만 들어가자고 하자 아들이 말했다.

"좀 참아봐, 좀."

결국 나는 다시 자세를 고쳐 앉았고 아들은 엄지손가락으로 야광북을 꾹 눌렀다.

"스프링!"

아들은 내게 봄이 지나갔다고 말했다. 처음에 나는 그렇구나, 하고 가볍게 응수했을 뿐이었지만 아들이 몇 번 더 "스프링!"을 반복해서 누르자 그게 소음처럼 느껴지기 시작했다. 시끄러웠다. 아들은 또 뭔가를 꾹 눌렀고, 그 책에서 "스프링!"이 나왔다. 그런 반복 속에서 뭔가, 그래, 공진 같은 게 일어날 지경이었다. 거기까지 생각이 미치자 갑자기 잊고 있던 무언가가 떠올랐다.

"그 말을 누가 했니?"

오래전에 누군가가 그 말을 했던 것 같은 기분에 휩싸여 나는 아들에게 물었다.

"최경렬 쌤이."

아들은 이렇게 대답했다. 스프링, 이라니. 공진을 피할 수 있는 도구 중의 하나가 스프링이란 걸 최경렬 그 양반은 알고 말한 걸까. 나는 아들의 책을 들여다보았다. 아들이 눌러대는 건 최경렬로 보이는 한 남자의 얼굴이었다. 뿔테 안경을 쓴, 버섯 머리에 빵빵한 볼을 가진 귀염상의 남자. 그를 누르면 그가 말했다.

"스프링."

아들이 따라했다.

"스프링!"

그건 봄이란 뜻이었다.

"스프링? 지금은 스프링이 아니지? 지금은 서머지, 서머."

나는 그렇게 대꾸하면서 다른 종류의 스프링을 생각했다. 스프링이란 건 공진을 막는, 진동을 줄여주는 도구이기도 했다. 충격을 흡수하고 감내하는 장치, 아니 계절이었다. 최경렬 쌤이 그런 뜻까지 아는지는 모르겠지만, 그는 내가 책의 가운데를 꾹 누를 때마다 '스프링!'이라고 외쳤고, 아들은 '봄'이라고 말하면서 풀쩍 뛰어올랐다. 나는 아들에게 말했다.

"스프링이구나. 스프링이었어."

너무 많은 관심을 받아 좀 얼떨떨해진 아들은 나를 조심스럽게 보고 있었다. 나는 아들에게 말했다.

"댐퍼도 있어. 스프링과 댐퍼. 두 개가 같이 가거든!"

"댐퍼, 댐퍼는 무슨 계절이야?"

내가 얼른 대답하지 못하자 아들은 봄은 스프링, 여름은 서머,

그렇게 두 단어로 계절을 가르기 시작했다.

"아, 그건 계절이 아니고."

나는 그렇게 말해놓고 잠시 멈췄다. 어떻게 설명해야 하나. 스프링은 충격을 흡수하지만 또 진동을 발생시키지. 그러면 댐퍼가, 그러니까 스펀지나 유체 같은 것들이 그 진동을 먹는 거야. 한마디로 둘은 같이 움직이면서 스트레스를 줄여줘. 어떤 반복을 교란시키는 거지. 나는 스스로에게 그렇게 말했다. 그리고 아들에게는 이렇게 말했다.

"댐퍼는 아빠한테 필요한 거야."

"그럼 지금이네?"

그 순간 저만치서 버스 한 대가 엄청난 속도로 달려오더니 거기서 한 사람을 툭, 떨구어놓고는 다시 되돌아갔다. 분명 버스가 오긴 왔는데, 저게 또 한번의 예외인지 아니면 매뉴얼인지 알 수가 없어서 한참, 그 버스가 사라진 궤적을 바라보았다.

평범해진
처제

표고영과 나는 한때 규칙적으로 만났던 사이인데, 스물셋 연말에 시작해 스물다섯 가을이 끝나기 전에 그친 그 만남을 나는 연애 이력에 포함시키지 않는다. 그러나 표고영은 포함시키고 있었다는 걸, 그것도 심지어 첫 연애로 기억한다는 걸 알게 된 건 최근의 일이다.

표고영에게서 연락이 온 건 내가 첫 소설집을 낸 직후였다. 그즈음엔 표고영뿐 아니라 초등학교 동창부터 동네 카페 주인까지 출처가 제각각인 사람들과 안부를 주고받는 게 전혀 어색하지 않았는데, 내가 여러 개의 SNS 계정을 만든 시점이었던 것이다. 나는 표고영이 현재 어떻게 지내는지 알기 위해 그리 많은 시간을 할애할 필요도 없었다. 페이스북 속의 표고영은 활기차 보였다. 최근에 자전거를 105급에서 듀라에이스급으로 업그레이드했고, 그 기념으로 부산까지 자전거 종주를 했고, 종주 기념 도장을 받았지만 태워버렸고, 곧 다시 종주에 나설 거라는 것쯤은 쉽게 알 수 있었다. 어디 연구소에 출근하는 모양이었고, 일인 가구의 구성원인 게 분명했다. 그와 내가 똑같은 시간의 지배를 받는다면 그 역시 이젠 서른다섯이 되었을 텐데, 그에게 늘어진 뱃살 같은 게 끼어들 틈은 전혀 없어 보였다. 유명했던 광고 카피처럼 '기록은 기억을 지배한다'는 것을 여실히 보여주는 공간이 SNS임을 감안하더라도 말이다. 나 역시 소설집의 표지를 찍은 사진을 어제 마신 커피나 오늘 먹은 김치찜과 동급의 크기로 올리지 않았던가. 그 책 사진을 올리고 며칠 지나지 않아 대뜸 표고영이 메시지를 보내왔다. 그가 거의 십 년 만에 건넨 첫마디는 "자고 있겠지?"였고, '자니?'의 활용으로 볼 수 있는 그 말이 좀 진부하긴 해도 새벽 두시에 걸어온 말임을 감안하면 영 어울리지 않는 건 아니었다. 그 말이 어찌어찌 번식해서 우리는 결국 만나게 되었다. 적당한 바람이 부는 여름밤이었다.

스물다섯 이후로 성장판이 열린 건지, 십 년 만에 만난 표고영은 이전보다 더 키가 큰 것 같았다. 어깨가 넓어진 것 같기도 했다. 단지 외형상의 변화만은 아니었고, 전체적으로 그는 꽤 낯설어져 있었다. 표고영이 어떤 종류의 연구소에서 무슨 일을 하는지 궁금했는데, 그가 연구하는 것이 다름 아닌 '고기'라는 사실이 초반부터 나를 무장해제시켰다. 예전에도 그는 엄청난 고기 마니아였던 것이다. 그는 '육질육즙연구소'라는 이름의 고깃집 사장이 되어 있었고, 우리가 만난 장소가 바로 그 가게였다. 사장이 손님처럼 앉아 있어도 잘 돌아갈 만큼 고깃집은 충분한 인력을 확보하고 있었다. 표고영은 불판 위에 등심을 능숙하게 깔기 시작했다. 어느 정도 모든 것이 달아올랐을 때 소주잔 두 개가 경쾌하게 부딪쳤다. 투명한 소주가 파도치듯 솟구쳐 우리의 손가락을 적셨다. 그는 내가 아직 결혼하지 않았다는 사실이 다행스럽다고 했다.

"뭐가 다행인데?"

그렇게 물어도 그는 그냥 웃기만 했다. 오래전 내가 표고영을 만나기 시작할 무렵에 발견했던 표정이었다. 그러니까 스물셋의 어디쯤. 우리 사이에는 한 커플이 있었고, 그들을 통해 우리도 자연스럽게 만나게 되었다. 종종 넷이서 만나 복식조로 볼링이나 당구를 함께 했다. 그러다 그 커플이 헤어진 후에 우리끼리 더 만나게 되었다. 밥을 걸고 공을 튕기거나 던지는 대신 영화 보고 밥 먹고 술 마시기를 반복했다. 아니면 밥 먹고 술 마시고 영화 보거나. 익숙한 패턴의 반복과 변주 속에서 우리는 곧 지루해졌다. 자주 싸웠던 것도 같다. 스물다섯 가을에 극단으로 치달았던 내 감정이 다시 원점을 향해 달릴 시간은 십 년이면 충분했다.

표고영은 알바에게 내 책을 꺼내오라고 하고는, 이 책을 쓴 작가님이라며 나를 소개했다. 책표지를 넘기는 표고영의 모습에서 오래전 그가 내 머리카락을 넘겨주던 것이 떠올랐다. 그는 펼쳐진 책을 내 앞에 들이밀었다. 사인을 받으려는 건 줄 알고 가방에서 펜을 꺼내려 했는데, 표고영이 가리킨 건 소설의 첫 문장이었다.

"외로움은 최고의 비아그라다? 비아그라라니, 이게 첫사랑의 입에서 나올 말이라고 생각해?"

그는 약간 실망했다는 듯이 말했다. 첫사랑이 작가가 되었다고 해서 책을 샀는데, 첫머리에서 비아그라란 단어를 읽고 충격을 받았다는 둥, 예전엔 그래도 청순미가 있었다는 둥, 이런저런 말을 늘어놓기 시작했다. 그러더니 대뜸.

"환불해줘."

"뭐?"

"첫사랑에 대한 환상을 깬 죄야. 겨우 읽었어."

"설마 진심은 아니지?"

"예능을 다큐로 받는 건 여전하네. 책에 침도 엄청 흘렸는데, 상도덕이 있지."

내 귀에는 '상도덕'도 '성도덕'으로 들렸다. 긴장한 것인가 취기가 오르는 것인가. 나를 실컷 놀려놓고는 그가 얼음을 한 컵 담아왔다. 놀랍게도 얼음마다 애플민트가 하나씩 박혀 있었다. 나는 얼음을 입에 넣고 혀로 굴렸다. 취기를 지연시키는 내 습관이기도 했고, 내 소설 속에 등장하는 인물의 습관이기도 했다. 표고영은 환상을 깼느니 겨우 읽었느니 하도 졸아서 침을 흘렸느니 하며 너스레를 떨긴 했지만 소설을 꽤 꼼꼼하게 읽은 것 같았다. 너무 읽은 나머지 그들 중 한 명은 아무래도 자신에게서 영감을 받은 게 분명하다고 믿고 있었다. 표고영이 가장 의심하는 인물은 함께 먹는 사람이 피곤해할 만큼 고기 굽기에 대한 철학을 가진 대학생인데 결국 고깃집을 차리게 된다. 물론 표고영의 현실과는 전혀 관계가 없이 태어난 이야기였다. 나는 그가 진짜 고깃집 사장이 되어 있으리라고는 예상하지 못했다. 표고영은 그 인물에 완전히 빙의되어 말이 많아졌다.

"그런데 고기맛을 좌우하는 건 불의 세기만이 아니야. 바로 누구와 먹느냐, 그거라고. 나도 최근에서야 깨달은 사실이지."

표고영은 고깃집에 너무 집중한 나머지, 정작 내가 그에게서 따온 부분은 알아채지 못하고 있었다. 표고영이 진짜 영감을 준 건 소설 속 남녀의 이별 장면이었다. "여자는 남자를 기다리다가 허기가 져서, 먼저 볶음밥을 시켜먹었다. 그걸 다 먹어갈 때쯤, 남자가 도착했고, 여자 앞의 접시를 본 남자는 자연스레 함박스테이크를 시켰다. 이별은 또 삼십 분쯤 지연되었다. 여자는 남자가 함박스테이크를 먹는 동안 별말 없이 앉아 있었다. 남자는 평소보다 더 느리게 함박스테이크를 먹었다. 그가 마지막 한 조각을 먹었을 때 여자가 말했다. 다 먹었냐? 남자가 그렇다고 대답했고, 여자가 마침내 그 말을 했다. 그만 만나자."

그건 우리가 십 년 전에 함께 거쳤던 장면이었다. 표고영은 그 일을 완전히 잊은 걸까. 아니면 일부러 모르는 척하는 걸까. 순간 불판 위에서 솟구친 기름 몇 방울이 유성처럼 책표지를 향해 떨어졌다.

"이미 환불은 물건너갔네. 정 원한다면 난 천원밖에 못해줘, 그게 내 지분이거든."

월요일 밤이 거의 끝나가고 있었다. 서로의 안부와 주변의 안부와 각자 사는 얘기들을 하는 동안 고기와 술은 빠른 속도로 사라졌다. 그와 나는 서로의 식욕을 부추기는 사이였다. 예전에도 그랬다.

자정이 지나자 표고영은 알바생들을 퇴근시키고 가게 셔터를 내린 다음 나와 맥주를 조금 더 마셨다. 나는 셔터 내린 가게 안에서 술을 먹긴 처음이라고 말했지만, 처음일 리가 있는가. 상하로 움직이는 셔터부터 좌우로 움직이는 셔터는 물론이고 단지 간판의 불을 끄는 정도로 마무리되는 가게까지, 이력은 다양하다. 꼭 밀폐된 영업점이 아니더라도 보다 은밀한 공간을 확보하려는 남자들의 행동은 그게 계산된 것이든 아니든 간에 무언의 신호로 읽힌다. 섹스, 연애, 사랑…… 각자 선호하는 단어가 다르거나 단지 화술의 차이가 있을 뿐이다. 어떤 사람은 누가 봐도 재봉선이 뻔히 보이게 화제를 전환한다. 불쑥 "난 요즘 아무래도 성욕을 잃은 것 같아"와 같은 고백을 하는 것인데 뜬금없는 자폭 이면에는 상대를 떠보려는 의도가 있는 것이다. 그런 맥락에서 보면 표고영의 이런 말들도 예사롭지는 않다.

"매일 라이딩해. 고깃집 사장은 건강해 보여야 하거든. 이거 봐 봐, 나 허벅지 단단해졌지?"

단지 보라고 했을 뿐이지만 단단함은 촉각의 영역이 아닌가. 나는 손을 뻗어 표고영의 허벅지를 눌러보았다. 보기보다 더 단단했다. 내 손이 닿자 더 딱딱해진 것도 같았다. 표고영은 휴대폰 화면을 보여주며 '1일 1시' '1일 1캔'이니 '1일 1팩'을 한 적도 있냐고 말했다. 그가 소설가의 일상에 대해서도 궁금해하는 것 같아 그다지 규칙적이지 않은 내 일상을 정돈해보려 했으나 좀체 떠오르는 것이 없었다.

"1일 1책. 하루에 한 권씩 읽어."

"1일 1책? 기네스 감 아니냐?"

"마음가짐이 그렇다는 거야. 매일 한 권을 읽는단 각오로. 지키지 못할 땐 스스로에게 벌을 줘."

"어떤 벌을?"

글쎄. 어떤 벌을 줬던가. 내 머리는 즉석에서 유연하게 움직이는 혀끝을 얼른 따라가지 못하고 있었다.

"그냥 그런 게 있어."

슬쩍 웃어넘기자, 표고영의 얼굴이 조금 붉어진 것도 같았다. 나는 이왕 시작한 리듬을 타고 말했다.

"또, 1일 1섹."

좀더 명확하게.

"1일 1섹스."

표고영이 당황하거나 뭐라고 되묻길 기다렸으나 그에게서는 아무런 반응이 없었다. 그저 이미 불을 뺀 지 오래된 불판 위를 바라보고만 있었다. 못 알아들은 걸까, 아니면 농담으로 알아들은 걸까. 표고영은 한참 후에야 이렇게 대꾸했다.

"성실하게 사네."

사실을 말하자면 매일 하는 게 아니고, 보는 거였다. 야동 말이다. 규칙적으로 야동을 보는 게 내 일상이었다. 페이스북에는 소설책 표지가 올라가 있지만 쓰고 싶은 것만 쓰며 살 수는 없었다. 인세로 밥을 사 먹고 인세로 옷을 사 입는 그런 삶은 아직 판타지에 가까웠기 때문에 필요 경비를 소설 아닌 다른 곳에서 충당할 필요가 있었다. 야동 리뷰도 그런 맥락이었다. 이 년째 나는 '지나'라는 이름으로 블로그에 에로영화에 대한 리뷰를 연재하고 있다. 삼만 명이 내 리뷰를 구독한다. 매주 화요일과 금요일에 글을 올리면 조회수에 따라 원고료가 들어온다. 얼굴이 공개되지는 않지만 적당한 프로필이 화면 왼쪽에 상주한다. 전갈자리의 AB형, 삼십대 여자라는 것. 별자리와 혈액형, 나이 같은 건 사실 부속품이고 중요한 건 성별이다. 내가 여자라는 것.

가끔 지나는 남자가 분명하다며 의혹을 제기하는 사람들도 있지만, 대부분의 사람들은 내 글에서 여자 냄새를 맡는다. 맡고 싶어한다. 여자의 입장에서 야동에 접근한다는 게 취지이긴 하지만, 글쎄, 사람들이 내게서 읽고 싶어하는 게 야동에 대한 감상이나 분석만은 아니다. 내 글은 출발점이 어떠했든 야설과 같은 기능을 하는 것이다. 처음엔 좀 시행착오를 겪었지만 그걸 인정하게 된 이후로 차라리 편해졌다. 나는 독자가 원하는 문장을 쿠키에 초코칩 박듯이 적절히 배치한다. 우스운 건 여자 냄새가 나는 문장을 쓰기 위해서는 결국 남자 입장에서 생각할 필요가 있다는 거다. 진짜 여자의 생각 말고, 남자가 상상하는 여자의 생각 말이다. 블로그는 내 리뷰를 구독하는 이들의 성별 비율을 집계해주는데 거의 대부분이 남자다. 여자 입장에서 따져보자면 볼만한 야동이 별로 없는 게 원인일 것이다. 동의할 수 없는 일들도 야동 안에서는 상식처럼 통용되니까. 그러나 이런 얘기를 늘어놓는 건 지나 입장에서는 유리할 게 없다.

첫사랑이 비아그라 운운하는 소설을 썼다고 실망했던 표고영은 첫사랑이 야동 리뷰를 정기적으로 쓴다는 사실에는 많이 놀라지도 않았다. 단지 내게 그럼 두 종류의 글을 쓰는 건데 헷갈리지 않느냐고 물었을 뿐이다. 이 글의 원고료로 저 글을 쓸 에너지를 얻는 셈인데, 어느 쪽이든 글이 잘 써질 때의 느낌은 좋다. 신들린 손가락이 아주 빠른 속도로 피아노 건반을 두드릴 때와 비슷하다고나 할까. 단지 그걸 각자의 지면에서 다르게 표현할 뿐이다. 하나는 적나라하고 원색적인 문장들로 가득하고, 다른 하나는 일부러 그런 느낌만 도려낸 글이다. 나는 육질육즙연구소의 벽면에 붙은 문구를 가리키며 말했다.

"한쪽은 이렇게 '꽃으로도 때리지 마라'의 세계고, 다른 한쪽은 뭐랄까 '꼬추로도 때리지 마라' 정도의 세계야. 하나는 카페1에서 쓰고, 다른 하나는 카페2에서 써. 두 카페는 걸어서 오 분 거리인데 간판도 출입문도 다르니까 헷갈릴 일은 없지."

우리는 그날 새벽 두시가 넘어서 헤어졌다. 술병을 헤아리며 마시는 스타일은 아니지만, 그날 우리가 마셨던 분량은 정확하게 기록으로 남았다. 표고영의 페이스북에 지난밤의 이미지가 남은 것이다. 텅 빈 불판과 그 옆으로 가로수처럼 늘어선 색색의 술병들. 소주가 네 병, 맥주가 세 병이었다. 한쪽 끝에는 내 책도 보였다. 표고영은 사진 아래에 이렇게 적어두었다.

"너를 읽는 건 설레는 일이다."

너를 읽는 건 설레는 일이라고? 표고영이 이런 말을 할 줄 알았던가. 그 한 줄의 문장을 읽고 또 읽을수록 포만감 비슷한 걸 느낄 수 있었다. 유년의 행복했던 몇 순간을 떠올릴 때와 같은 따뜻한 기운, 규모를 떠나 이런 기분 자체가 꽤 오랜만이어서 한동안 나른해지기까지 했다. 오랜만에 찾아온 진짜 여름을 그냥 흘려보내지 말고 견과류처럼 꼭꼭 씹어야 되겠다는 생각이 들었고, 그 방식 중 하나가 쓰기였다. 표고영을 만난 다음날부터 나는 소설을 다시 쓰기 시작했다. 구상은 오래전에 해두었고 몇 줄 시작하기도 했으나 한동안 멈춰 있던 이야기였다. 격변기에 불꽃처럼 살다 간 천재 화가에 대한 것이었는데 좀처럼 진전이 없던 것이 표고영을 만난 이후 조금씩 풀리기 시작했다. 병목현상이 해소되는 것처럼. 카페1에 머무는 시간이 조금씩 길어지고 있었다.

우리는 열흘 후에 다시 만났다. 또 육질육즙연구소, 며칠 전과 같은 자리에서였다. 표고영은 내 소설을 읽었던 방식대로 내 야설 아닌 야설도 열심히 읽고 왔다. 알바에게 나를 야설 작가로 인사시 키거나 하지는 않았다. 지나라는 이름에 대해 말한 적이 없는데 어 떻게 그 글들을 찾아 읽었을까. 나는 전갈자리도, AB형도 아니었 는데 말이다. 표고영은 유명한 야동 리뷰어를 찾는 건 그리 어려운 일이 아니라고 말했다. 그리고 그중에 나를 찾아내는 것도.
　"내가 삼십대 넘어서 읽은 책이 딱 한 권 있는데, 그게 네 소설 이니까 뭐. 자주 쓰는 표현이나 좋아하는 단어 같은 게 보이더라 고. 네 소설을 파고 또 판 사람은 네 리뷰도 찾을 수 있을 거야. 아 니면 내가 특별히 예리한 걸 수도 있고."
　그건 좀 놀라운 일이었다. 두 개의 자아로 각기 다른 글을 쓴다 고 생각했는데 표고영 말대로 뒤섞이고 있었던 걸까. 표고영은 소 설에서 그랬던 것처럼 야동 리뷰에서도 몇 문장을 마음 깊이 밑줄 쳐둔 것 같았다. 그중의 하나는 "여자의 감정은 숨길 수가 없다, 섹스할 때는 드러나게 되어 있다. 진짜인지 연기인지"라고 했다.

나는 이렇게 변주한 적도 있다. "연기인지 본능인지는 삼 분이면 파악된다. 리뷰하는 여자는 속일 수 없다." 내가 그런 문장으로 마무리했던 작품 중 하나는 〈빈집의 엠마누엘〉이었는데, 그 영화에서 여섯 번의 다양한 정사 장면을 찍었던 두 배우가 결국 열애 사실을 고백한 적이 있었다. 여자는 이제 사십대가 된, 이십 년 경력의 노련한 에로 배우였고, 〈빈집의 엠마누엘〉은 그녀 스스로 마지막이라고 얘기했던 작품이었다. 상대는 그녀보다 스무 살이나 어린 신인 배우였다. 나는 그들이 열애를 고백하기 전에 이미 서로에게 육체 이상으로 끌렸을 거라고 리뷰를 썼는데, 그때는 누구도 믿지 않았다. 사람들이 집중하는 건 그들이 육체 이상, 그러니까 정신적으로도 좋아하게 되었느냐 아니냐의 문제가 아니라 진짜 삽입했느냐 아니냐의 문제였다. 그들의 정사는 이상하게 화려하지 않았다. 서툴러 보이기도 했다. 그 서투름조차 연기로 볼 수도 있었겠지만, 한참 후에 그들은 열애 사실과 함께 사실 영화 속 정사는 연기가 아니라 실제였다고 고백했다. 그들의 인정이 오래전에 내가 썼던 리뷰에 신빙성을 더해주었는데, 정확히 말하자면 핀트가 약간 엇나간 거였다. 나는 그들이 사랑에 빠져 있었을 거라고 썼지, 연기가 아니라 실제로 섹스를 했을 거라고 쓴 적은 없었기 때문이다. 그러나 사람들은 내가 "그들은 육체 이상으로 끌렸을 것이다. 저건 진짜 사랑이었다"라고 쓴 문장을 비유로 읽었다. "그들은 진짜 삽입 섹스를 한 것이다"로 해석한 것이다. 나는 표고영에게 말했다.

"남자들이 특히 궁금해하는 부분이지. 아냐, 정정할게. 두려워하는 부분이지. 이 여자가 지금 쇼하는 건가 아닌가."

내가 그렇게 말한 건 표고영 역시 대부분의 사람들과 비슷할 거라는 전제에서 출발한 거였다. 에로 비디오에서, 그러니까 야동에서 '진짜'와 '가짜'를 논할 때는 한 가지 관점만 있는 것이다. 저들이 진짜로 하는 건가, 아니면 그저 연기를 하는 건가. 일상생활에 적용해볼 때도 비슷한 거다. 저 여자가 진짜로 느끼는 건가, 아니면 그저 오르가슴을 연기하는 건가. 보통 남자들이 궁금해하는 건 그런 진짜와 가짜다. 그러나 대화를 나누는 동안 나는 표고영이 조금 다른 지점에서 말하고 있다는 사실을 깨달았다. 그는 보다 감정적인 얘기를 하고 있었다. 그는 좋아하는 감정이 섹스에 드러날 수 있느냐 없느냐 그런 얘기를 하고 있었다.

"아, 누가 누굴 좋아하는지 그런 거?"

"응. 육즙을 좌우하는 것도 결국 고기나 불이 아니라 같이 먹는 사람이 누구냐 하는 거거든. 섹스도 마찬가지 아니겠어? 누구랑 하느냐가 중요한 거야. 결국 그게 섹스의 질을 좌우하는 거라고 생각해."

동의할 수 없는 의견이었지만 나는 그가 건네주는 고기 한 점을 혀 위에 올리며 고개를 끄덕였다.

"야, 그래도 고깃집 사장으로서 고기맛은 함께 먹는 사람이 좌우한다고 말하는 건 너무 무책임한 거 아니야? 그런 비과학적인 요소로."

"과학자들이 결국 최고의 경지에 가서 신을 찾게 된다잖아. 알면 알수록 그렇게 돼. 내가 볼 땐 고기나 섹스나 핵심은 마음이야. 마음이 있는 이와 하느냐 아니냐."

표고영이 고기를 앞에 두고 "지금이 뒤집을 때야"라는 말을 하는 것도 다 신호로 받아들이고 있던 나로서는 갑자기 튀어나온 '마음'이니 '진심'이니 하는 단어들을 어떻게 해석해야 할지 조금 당혹스러웠다. 그건 소년 소녀들이 타로점을 보면서 묻는 그런 유의 질문 아닌가. 이건 뭐지, 복고풍인가.

표고영은 섹스에 대해 낭만적인 접근을 하고 있었다. 몇 초니 몇 분이니 몇 센티미터니 무슨 각도니 이렇게 너무 많은 숫자들이 등장하는 것도 우습다고 생각하지만 저렇게 뜬구름 잡는 소리를 하는 것도 조금 촌스럽지 않은가. 우습게도 그래서 나는 표고영에게 끌리고 있었다. 오래전에도 약간 어리바리한 면이 있긴 했지만 소년 같은 면이 좋았다. 내 기억이 맞는다면 우린 그때 섹스를 한 적이 없었다. 기억을 의심할 것도 없이 확실히 표고영과는 제대로 된 섹스를 한 적이 없었다. 알몸으로 서로를 더듬은 적이 있었지만 말이다. 이런 걸 그는 기억하고 있을까. 과거의 어느 지점으로 되돌아가 뭔가를 다시 진행해도 나쁠 건 없지 않은가. 나는 술을 한 잔 더 마셨다.

사람들은 내가 야동에 대해 쓰면서 스토리나 미장센 같은 걸 얘기하는 게 웃기다고 느낄지도 모른다. 그보다는 리뷰라는 형식 안에서 내가 툴툴 털어놓는 섹스에 대한 개똥철학과 경험담에 초점을 맞추고 있다는 것도 알고 있다. 표고영이 내게, 그러니까 지나 씨에게 궁금해할 게 뭔지도 빤히 보였다.

"내가 야동 중독 테스트를 해봤는데 주 4회 이상 야동을 보는가, 그게 첫번째 항목이더라고. 그래도 난 중독 아니야. 난 그런 거 안 봐도 흥분할 수 있거든. 거기 나온 내 경험들 다 진짜야."

나는 그렇게 말하고 괜히 머리를 하나로 묶었다 풀기를 반복했다. 그러면서 그의 표정을 살폈는데 표고영이야말로 예능을 다큐로 받는 것처럼 보였다. 궁금한 건 표고영이 어느 시점에서 뻔해지는가 하는 거였다. 표고영이기에 더 궁금했다. 야동 리뷰를 쓰면서부터인가, 안 좋은 점이 있다면 남자에 대한 호기심이 없어진다는 거였다. 다 뻔해지고 있었다. 옛 남자를 다시 만나는 건 쓰레기 재활용이나 마찬가지라고 생각하던 나였지만, 표고영은 자꾸 호기심을 불러일으켰다. 그렇다고 표고영이 천연기념물 같은 남자란 얘기는 아니다. 단지 그는 조금 달랐다. 표고영과 얘기하면서 그가 지금은 아니더라도 한때는 집중적으로 야동을 파고 또 팠다는 걸 알 수 있었는데, 그가 파고들었던 시대의 것은 지금은 거의 고전의 반열에 올라 있을 만한 종류였다. 이를테면 〈일그러진 정사〉 같은 것. 남편과 처제의 불륜이 주축이 되는 이야기로, 에로물이긴 했으나 호러물로 분류되기도 하는 작품이었다. 그는 그게 고전인 이유는 사실 작품 자체의 문제라기보다는 자신이 거의 최초로 소장했던 야동이기 때문이라고 말했다. 줄거리는 오히려 너무 뻔하고 진부한 편이었다.

"작가로서 대답해봐. 대체 야동에는 왜 그리 많은 처제들이 등장하는 거야? 패륜적이잖아."

"등잔 밑이 어둡다, 그런 거지. 아무래도 여자 입장에서 가장 가까운 여자니까. 뒤통수치기 딱 좋지."

아주 오래전에 한 번 본 적이 있을 뿐 줄거리가 조금 가물가물하긴 했다. 여름이 더 깊어지기 전에 '납량특집'으로 리뷰를 채울 계획을 하고 있었던 터라 에로이자 호러인 그 작품을 다루면 좋겠다는 생각이 들기도 했다. 내가 "나 그거 필요한데 작품을 구할 수가 없었어"라고 말했을 때 그는 "보고 갈래?"라고 물었다. 마치 "라면 먹고 갈래요?" 같은 느낌이었다.

자정이 넘은 시간, 우리는 표고영의 오피스텔로 들어갔다. 그의 집은 육질육즙연구소에서 멀지 않았다. 엘리베이터를 타고 21층까지 올라가는 동안 내가 기대한 게 단지 희귀한 야동만은 아니었을 것이다. 나는 표고영이 사는 모습이 궁금했다.

"육질육즙연구소 때문에 집은 옛날보다 더 작아졌어."

표고영이 그렇게 말하며 현관문을 열었다. 신발을 벗고 몸을 들이밀자마자 침대 모퉁이가 보였다. 집의 면적에 비해 필요 이상으로 큰 침대였다. 벽면에는 새 자전거가 세워져 있었고, 그 옆으로 페이스북에서 본 적이 있던 물품들이 나열되어 있었다. 티라노사우루스 모양의 스탠드라든지, 일인용 안락의자라든지, 스투키나 산세비에리아 같은 몇 개의 화분들. 그게 다였다. 집안에 있는 살림들은 이미 한 번씩 페이스북에 공개된 적이 있는 것들이었다. 창가에 하늘보리 페트병 세 개가 나란히 놓인 것이 눈에 들어왔다.

"혹시 그거 본 거야?"

"뭘?"

"'하늘보리'. 안 봤구나?"

한때 유행했던 야동에 하늘보리 세 병이 나란히 등장해서 소소한 이슈가 되었던 적이 있었다. 그는 그걸 본 적이 없었지만, 내 얘기를 듣더니 어쩌면 PPL 같은 게 아닐까 의심했다. 그렇게 생각할 수도 있겠지만 그건 그냥 몰카였다. 당연히 그 야동의 제목은 하늘보리가 아니었고 말이다. 언젠가 사람들이 '하늘보리'에 대한 리뷰를 써달라고 요청한 적이 있는데, 나는 에로영화만 다룰 뿐 몰카에 대한 리뷰는 쓰지 않는다고 대답했다. 그러자 누군가가 되물었다. 몰카를 가장한 에로영화가 있을 수 있고, 에로영화를 가장한 몰카도 있을 수 있는데 그게 구분된다고 확신하느냐, 는 거였다. 그러면서 내게 몰카를 유독 터부시하는 이유가 뭐냐고 물었다. 나는 미학적인 이유를 들었다. "답답한 화면, 계획되지 않은 동선, 전체적으로 미장센을 논할 수 없는 품질". 댓글이 거기서 그

쳤으면 했지만 또다른 누군가가 물고 늘어졌다. "본질을 모르시네. 야동이야 기능만 하면 되는 거 아닙니까."

표고영은 욕실에서 간단히 샤워를 하고는 편안한 옷차림이 되어 나타났다. 침대와 TV 사이에는 이 미터쯤 거리가 있어서 우리는 침대 발치에 등을 기대고 나란히 앉았다. 침대 발치에 있던 휴지통 안에 흰색 휴지가 수북하게 쌓여 있는 게 눈에 들어왔다. 그건 단지 휴지였지만, 표고영이 비염 탓을 하며 연신 휴지로 코를 풀고 나서야 내가 거기서 뭔가 다른 걸 연상하고 있었다는 걸 인정해야 했다. 아무것도 내보내지 않는, 꺼진 TV 화면은 조금 어두운 거울 같기도 해서 우리가 나란히 앉은 모습을 그대로 비췄다. 이렇게 나란히 앉았던 적이 오래전에도 있었다. 서로의 무게중심을 상대방에게 기울인 채로 더듬은 적도 있었다. 그게 전부였다. 더이상의 진도를 뺄 수 없었던 건 왜였을까.

맥주 캔 따는 소리에는 그동안 먹은 걸 다시 초기화시키는 기능이 있는 게 분명했다. 다시 처음처럼 우리는 술을 마셨다. 표고영은 벽장에서 낡은 비디오테이프 하나를 꺼내 왔다. 나를 여기로 초대했던 야동계의 고전 〈일그러진 정사〉였다. 문제는 비디오테이프를 재생할 만한 장치가 없다는 거였다. 표고영은 이 집에 비디오가 없다는 것을 잊었다며 멋쩍게 웃었다. 그러더니 내 집에 비디오플레이어가 있다는 소리를 듣고는 가져가서 보라며 내 가방 위에 테이프를 올려놓았다. 이곳에 온 표면적인 용건은 벌써 일단락된 셈이

164

었다. 나는 그렇게 일어설 수도 있었을 것이다. 그러나 나는 그 밤을 거기서 마무리할 생각이 없었다. 표고영도 그랬을 것이다. 그는 조금 뜸을 들이더니 내게 다른 걸 보겠냐고 했다.

"그것도 고전이야?"

"고전이라기보다는, 궁금해서. 여자의 태도가 애매모호하거든. 너한테는 보일 것 같아서. 삼 분이면 파악 가능하다며."

길게 늘어지는 표고영의 설명을 싹둑 자르면서 나는 쿨하게 말했다.

"너보다는 내 감이 정확하겠지."

표고영은 고개를 끄덕이는 듯하더니 이내 다시 가로저었다. 그러더니 맥주만 조금 더 들이켰다. 침묵이 흘렀는데 탱탱한 긴장감은 아니어서 뭐라도 말을 해야 할 것 같았다. 내가 아무래도 성욕을 잃은 것 같다는 고백이라도 하며 이어붙여야 진도가 나갈 판이었다.

"네가 말한 거 틀어봐. 왜 말을 하다 말아."

"아니야."

표고영은 다시 맥주 캔 하나를 땄다. 저러다 열흘 전처럼 술로 떡실신이 될 게 분명했다. 표고영은 그날도 만취해서 가게에서 잠들어버리고 말았다. 나는 뒤로 빼는 표고영을 다시 앞으로 끌고 왔다.

"그 화면에서 여자가 몸을 왼쪽으로 먼저 틀어, 아니면 오른쪽으로 먼저 틀어? 그런 게 다 신호거든. 남자들은 그냥 봐서 잘 모르겠지만."

내가 체위와 순서에 관해 보기까지 들어가며 더 부추긴 뒤에야 표고영은 쭈뼛거리며 자신의 노트북을 들고 왔다.

"허리 아픈데 침대에서 봐도 돼?"

표고영은 흔쾌히 그러라고 했지만, 파일을 여는 데는 상당히 미적거렸다. 그의 머뭇거림이 그 안에 들어 있는 게 뭔지 다각도로 상상하게 했다. 나는 모든 경우의 수를 받아들일 준비가 되어 있었다. 화면 속에서 갑자기 애니메이션 캐릭터가 튀어나온다고 해도, 초원의 야생동물들이 나온다고 해도, 확률은 낮지만 나에 대한 표고영의 고백이나 과거 우리의 추억 사진이 재생된다고 해도 적당히 맞춰줄 준비가 되어 있었다. 설사 화면 속에서 수위 높은 포르노가 재생된다고 해도, 한 명의 인간과 한 마리의 동물이 등장하는 거라고 해도, 표고영의 수작에 어느 정도는 맞춰줄 생각이 있었다. 설사 표고영이 어떤 행동을 시도한다고 해도 말이다. 누가 봐도 이건 수작이었고, 함께 야동 보기란 꽤 흔한 루트였다. 다만 그는 어색해하고 있을 뿐이다. 파일에는 '0'이라는 숫자만 붙어 있었다. 표고영이 또 제동을 걸었다.

"소리도 나와야 돼?"

"그럼 무음으로 보니?"

"사실 소리가 잘 안 들려서."

이상했다. 음소거된 야동이라니 무성영화 시절의 고전도 아니고 말이다. 재생 시간은 사십 분이었는데, 화면은 아주 어두웠고, 보통 야동에서 쓰는 각도로 촬영된 건 절대 아니었다. 가내수공업이라든지 몰카에서나 쓰일 법한 앵글이었다. 볼륨을 한껏 키웠으나 장비 부족으로 녹음이 잘 안 된 듯, 그 어두컴컴한 화면의 공기만 묵직하게 잡힐 뿐이었다. 내 취향으로는 그저 보는 것만으로도 폐소공포증이 유발될 것 같아 별로였다. 이것도 에로와 호러의 결합인가. 거의 실루엣만 구분 가능한 두 남녀가 등장했고 옷을 벗기 시작했다. 아무런 말도 없이, 혹은 말을 했다 해도 웅성거림만 들릴 뿐이었다. 남자의 앞 지퍼가 고장인 게 아닌가 싶을 정도로 오래 걸렸다. 겨우 옷을 벗은 다음 남자가 여자를 침대 위로 밀었는데, 그게 초반 몇 분이 지나도록 그 남자가 능동적으로 취한 유일한 행동이었다.

"이거 혹시 몰카야?"

표고영이 그건 아니라고 했다.

"제목이 뭔데? 야, 이건 반칙이지. 이건 에로영화가 아닌데? 난 합의하에 찍어서 상업용 포장지에 담은 것만 분석할 수 있어. 짜고 치는 고스톱 같은 거."

순간적으로 불쾌해진 건 나 스스로도 전혀 예상하지 못한 일이었다. 그러나 화면을 끌 수는 없었다. 몰카는 아닌 게 분명했다. 두 사람 다 카메라가 어디 있는지 알고 있었다. 그렇다면 가내수

공업 쪽인가. 남성을 위한 앵글은 전혀 아니었다. 그러니 몰카든 합의하에 촬영된 것이든 간에 대중이 좋아할 만한 화면 구성은 전혀 아니었단 얘기다. 그 불안정한 화면 구도가 이상하게 나를 긴장시켰다. 시야는 너무 어두워서 두 사람의 얼굴이 각자의 목 위에 달려 있고, 팔과 다리가 몸통에 붙은 채 움직인다는 것만 구분될 뿐, 보는 이를 자극할 만한 어떤 시각적 요소는 드물었다. 최대한 절제미를 돋보이려고 한 건가, 아니면 쑥스러웠던 건가. 이건 요약하자면 '우리가 그때 함께 있었노라' 정도에 불과해서, 야동으로서의 미학은 떨어졌다. 어쩌면 13세 관람가도 가능할지 모를 만큼 모든 게 약했다. 지루했다. 이들이 뭔가를 하고 있긴 한 것인가? 야동이란 연기를 하고 있어도 보는 이들로 하여금 실제 아니냐는 의혹을 갖게 하는 게 최고의 경지인데, 이것은 실제 섹스 영상이라고 해도 그저 흉내만 내는 게 아닌가 싶을 정도로 감동이 약했다. 몸에서 읽어낼 수 있는 무언가는 거의 없었다. 그럼에도 불구하고 나는 사십 분간 그 파일을 꼼짝도 않고 지켜봤다. 중간에 한 번쯤 표고영이 이제 별게 없다고 말하며 화면을 꺼버리려고 했을 때도, 내가 좀더 내버려두라고 말했다. 표고영이 내게 이런 화면을 보여주는 이유가 뭘까. 나는 침대 아래 놓여 있던 가방에서 안경을 꺼내 썼다. 도수는 없지만 일을 할 때마다 내가 쓰던 마인드컨트롤 장비였다. 다시 화면을 앞으로 돌려보았다. 술을 한 모금 더 들이켰다. 한 모금 마셨을 뿐인데 벌써 캔이 우그러들었다. 화면 속의 그들은 이십구분부터는 더이상 움직이지 않고 가만히 하나가 되어 있었다. 그리고 같이 울기 시작했다. 괴기스러웠다. 장장 십일 분 동안 부둥켜안고 울었다. 이런 건 내가 본 적 없는 섹스였다. 안 보는 게 더 나았을 섹스였다. 두 번이나 반복해서 재생했지만 나는 내 감정을 읽기에도 벅찼다.

"……어떤 것 같아?"

표고영은 내가 이 영상의 주인공들을 알아챘을 거라고는 생각도 못하는 듯했다. 그랬다면 저 영상을 내게 보여줄 리도 없었겠지. 얼굴도 보이지 않는 화면이었지만 나는 영상 속 남녀가 누군지 알 수 있었다. 여자는 민아였다. 우리 사이에 있던 커플. 나와 표고영의 처음을 지켜봤던 친구. 내가 그녀를 알아볼 수 있었던 건 배경 때문이었다. 알 수 없는 기시감 때문에 혼란스러웠는데, 그 야동의 배경은 민아의 방이었다. 표고영은 내가 민아의 자취방에 간 적이 있었다는 걸 몰랐을 것이다. 민아는 부모님과 함께 살기도 했지만, 결벽증이 심해서 친구를 집에 잘 들이지 않았다. 나는 딱 한 번 민아의 부탁으로 저 방에 들어간 적이 있었고, 그건 우리가 함께했던 영화 동아리에서 소품으로 쓰였던 그림을 전달하기 위해서였다. 그때 나와 민아는 화면 속 저 자리에 그림을 걸어놓았다. 그 그림은 저 영상이, 저 섹스가 탄생한 시기를 증명했다. 민아는 그림을 갖고 있다가 싫증이 났다는 이유로 그걸 내게 주었고, 그건 지금도 내 집에 있다. 그 그림이 두 번 이사하는 동안 나는 표고영과 주기적으로 만났고, 민아도 우리를 응원한다고 생각했다.

남자는 당시 민아의 남자친구가 아니었다. 영상은 남성의 시각을 자극하는 각도로 만들어진 게 아닌 만큼, 불필요한 것들을 세세하게 잡고 있었다. 남자는 표고영이었다. 그가 섹스를 하기 위해 움직인 경로가 언젠가 나와 시작했던 것과 겹쳐졌다. 실루엣은 표고영이 맞았다. 표고영이 민아를 좋아했던 건 당시 내 심증일 뿐이었는데, 십 년이 지난 후에 이런 방식으로 재확인하게 될 줄이야. 물론 이미 감정의 공소시효 같은 건 다 소멸된 지 오래다. 단지 이 맥주처럼 뒷맛이 씁쓸할 뿐. 나는 저 화면 속에서 남자가 벗어던진 티셔츠를 선물했을지도 모르는, 그런 여자였다. 화면 밖의 여자 말이다. 차라리 표고영이 저 두 그림자가 만들어낸 체위라든지 섹스의 구성에 대한 질문을 했다면 더 나았을까. 표고영의 관심은 내가 생각하지 못한 지점에서 맴돌았다.

"화면이 좀 어둡긴 한데, 저 여자가 저 남자를 진짜 좋아하는 것 같아?"

이제 와서 민아의 마음이 궁금한 이유가 뭘까. 단지 야동 전문가가 된 친구를 만나 검증이라도 받고 싶었던 걸까. 본인의 사랑을 뒤늦게 감정받기 위해 내게 이렇게 상처를 입혀도 되는가. 물론 그 상처란 게 부주의에서 시작된 거라고 하더라도 말이다. 나는 겨우 알았다. 표고영이 "너를 읽는 건 설레는 일이다"라고 했던 건 내가 아니라 민아를 염두에 두고 쓴 문장일 수도 있다는 것. 나조차도 쓸 때는 인식하지 못했지만 확실히 내 글 속에는 민아를 닮은 인물들이 더러 있었다. 표고영과 헤어질 즈음 나는 이미 뭔가 이상한 기운을 감지하고 있었다. 그건 단지 내 남친이 내 여친과 나 몰래 만나고 있다, 정도로 가볍게 요약될 수 있는 것이 아니라 조금 더 복잡한 어떤 압력 같은 거였다. 그러니까 이유는 잘 모르겠으나, 뭔가가 나를 지금 이 자리에서 바로 저 지평선 너머로 밀어내는 것 같은 느낌. 그 압력에 못 이겨 내가 먼저 이별을 고했다. 이별 통보가 아니라 그건 어떤 자백 같은 거였다. 표면적으로는 내가 떠난 것으로 마무리되었으나 사실 그가 내게서 이별 통보를 쥐어짜낸 것이나 다름없는 방식이었다. 그 이별이 있은 후 나를 위로했던 건 민아였다. 당시에 우리 동아리에서는 칠 분짜리 영화를 만들고 있었다. 민아가 연출이었고 나는 배우로, 시체3이었다. 두 팔과 다리를 손잡이처럼 누군가에게 내어준 채 질질 끌려가야 했다. 하필 그런 역할이었다. 민아는 촬영장에서 단호했고 내게 한 말인지 시체1과 2와 4에게 한 말인지는 몰라도 "연기는 연기일 뿐"이라고 했다. 그리고 우리의 촬영이 끝난 후 민아는 나를 일으켜 끌어안았다. 그러면서 "이제 뚝!"이라고 말했다. 그런 말 때문에 나는 그애로부터 위로를 받았다고 기억했다. 내가 그때 울고 있었나? 그건 흐릿한데 아마 울지 않았을까. 누군가에게 "뚝" 소리가 나도록 그치라고 할 법한 건 눈물 정도 아닐까. 지금 나는 민아의 소식을 모른다. 민아는 영화감독이 되었을까. 아니면 배우가 되었을까. 풍문처럼 독일인과 결혼했다는 얘기를 듣긴 했으나 사실 여부는 알 수 없다. 네덜란드인이었던가.

차갑던 맥주는 미지근해졌고 김도 다 빠져 있었다. 그 맥주처럼 나도 식어 있었다. 표고영은 전문가의 감정을 기다리고 있었지만, 나는 어떤 대답을 해야 할지 알 수 없었다. 조금의 침묵이 지나간 후 이렇게 말했을 뿐이다.

"저 남자…… 진짜 못한다."

창밖에는 아주 푸른 어둠이 있었고 서서히 동이 터오고 있었다. 내가 보는 건 남자와 여자의 애무가 아니라 밤과 아침의 애무였다. 내가 야동에서 가장 좋아했던 건 맥거핀이었다. 다 끝나고 돌아보면 결국 줄거리에 큰 영향을 끼치지 못하는 것. 뭔가 있을 것 같았지만 그저 그런 느낌에 불과했던 것. 내가 그런 존재가 된 것 같았다. 잠들지 못하고 깨어 있는 동안 눈은 어둠에 점점 익숙해졌고, 저만치 창가에 세워진 하늘보리 페트병 몇 개가 눈에 들어왔다.

표고영과는 그날 이후로 더 연락하지 않았다. 전화가 한 통 걸려왔지만 받지 않았고 카톡도 읽었지만 씹었다. 그의 페이스북을 들여다보는 것도 딱 끊었다고 말할 수는 없을 것 같다. 주기적으로 표고영의 페이스북을 들여다보았다. 여전히 활기차 보였다. 자전거 종주를 하고 기념 도장을 받으면 다시 불태우고 또 도전하는 그런 삶을 계속하고 있었다. 그 활기찬 삶에 하나의 이벤트처럼 나와 관련된 게시물도 있었다. 표고영의 오피스텔에 갔던 밤은 깃털처럼 가벼워서 일주일쯤 지나자 무게감이 거의 없어졌는데, 그걸 다시 떠올리게 된 것도 표고영의 페이스북을 통해서였다. 사각형으로 남은 한 장의 사진 속에 그 밤이 있었다. 몇 개의 우그러진 맥주캔, 그리고 흐릿하게 찍힌 내 엄지발가락. 그게 내 발가락인 건 아무도 모를 것이다. 남자인지 여자인지 몇 살인지 단지 양말을 신지 않은 건지 아니면 실오라기 하나 없는 알몸인지 혹은 표고영 자신의 것인지 아닌지도 알 수 없을 만큼 작고 흐릿한 발가락이었다. 초점을 일부러 흐린 것 같은 그 피사체는 가로등의 노란 머리통처럼 보이기도 했다. 저 뒤로 하늘보리 몇 개도 보였다. 표고영은 아무런 문장을 남겨놓지 않았다. 그는 내가 왜 연락을 받지 않는지 그 이유를 모를 것이다.

한동안 나는 카페1로 가지 못했다. 표고영의 집에서 충격을 받은 이후, 천재 화가에 대한 소설을 더 지속할 수 없었다. 멈춰 있던 소설이 다시 시작된 건 뜬금없지만 카페2에서였다. 그러니까 꽃의 세계가 아니라 꼬추의 세계. 야동 리뷰를 쓰다가 문득 내 미완성인 소설을 떠올렸던 것이다. 소설은 새로운 방향으로 변형되었다. 어느 순간 더이상 천재가 아닌, '평범해진 천재'가 되었던 그 소설은 급기야 '평범해진 처제'가 되었다. 내가 자꾸 '천재'를

‘처제’로 바꿔 읽거나 쓰고 있다는 것을 깨달았다. 이를테면 ‘천재의 가슴은 젖어 있었다’와 같은 문장을 ‘처제의 가슴은 젖어 있었다’로 바꿔 읽는 것이다. 이 고의적인 오독은 실없는 짓이 분명했지만 이미 버려진 원고의 입장에서 보면 패자부활전 같은 거였다. 처제 버전의 이야기는 계속 진행되었다. 독일, 아니 네덜란드 남자를 만나 결혼하는 시점까지 흘러갔다. 확실한 건 표고영이 어떤 형태로든 내 뮤즈로서 기능했다는 것이다. 그렇게 소설 한 편이 카페1과 카페2의 구분 없이 완성되었다.

표고영이 내 가방에 밀어넣었던 비디오테이프를 다시 떠올리게 된 건 한 계절쯤 지난 후였다. 이미 납량특집이 철 지난 얘기가 된 시점에서 그게 떠올랐다. 〈일그러진 정사〉는 내가 처박아뒀던 자리에서 어디로도 흘러가지 않고 그대로 있었다. 비디오플레이어에 낡은 테이프를 밀어넣고 재생 버튼을 눌렀다. 그러나 비디오는 자꾸 테이프를 뱉어냈다. 밀어넣으면 다시 밀려나오고, 밀어넣으면 다시 밀려나왔다. 컴퓨터와 연결하니 ‘알 수 없는 형식’으로 되어 있다는 문구가 떴다. 에로의 고전이라던 그 화면은 끝내 볼 수 없었다.

물의 터널

2층은 부모님만의 공간이라고, 재석이가 말했다.

"부모님만의 공간?"

"응, 거긴 나도 못 가."

"못 간다고?"

재석이는 내 시선이 계단을 타고 오르는 것조차 차단하려는 것처럼 보였다. 우리는 열두 살의 소년들이었다. 내가 뭘 상상하는지 재석이는 알고 있을지도 몰랐다. 그렇기 때문에 내 시선 너머를 미리 차단하는 건지도.

"저기에 뭐가 있어?"

나는 그렇게 묻고, 믿을 수 없다는 듯이 덧붙였다.

"너 설마 올라가본 적이 한 번도 없는 건 아니지?"

"뭐래, 우리집인데."

하긴, 재석이네 집인데. 그러나 재석이네 아빠는 엄하기로 유명했고 그래서 아빠가 저 위층에 있을 때는 물론이고 그렇지 않을 때도 재석이는 웬만하면 2층에 올라가지 않는다고 했다. 내가 계단이 끝나는 지점을 눈으로라도 더듬어보려 하자, 재석이는 저 위에 부모님의 방과 서재, 그리고 아빠의 홈바가 있다고 했다. 술병과 술잔들을 보관해두는 곳 말이다. 그러나 홈바는 아까 지하에도 있지 않았나? 재석이네 집은 내가 가본 집 중에 가장 컸다. 예전에 재석이 집에 놀러갔다 온 애의 표현에 의하면 "풀밭을 넘어서 또 풀밭이 있고, 또 풀밭을 건너야" 건물로 들어갈 수 있다고 했는데, 내가 확인한 바로도 그랬다. 마당이 세 개나 있는 집은 처음 봤다. 우리는 주로 지하에서 놀았기 때문에 지하에 대해서는 어느 정도 알고 있었다. 그곳에는 탁구대부터 아주 큰 소파와 스피커, 그리고 재석이네 아빠의 홈바가 있었다. 그런데 홈바가 2층에 또 있다고? 그건 지하에도 있는 거잖아, 라고 말하려다가 관두었다.

"그럼 2층에 가고 싶으면 어떻게 해?"

"인터폰을 하면 돼."

"아아, 인터폰."

1층에서 2층으로 이어지는 벽을 따라 재석이네 부모님의 사진이 붙어 있었다. 때로는 부모님 두 분만, 또 때로는 재석이까지 세 식구가 모두. 계단을 하나도 밟지 않고 볼 수 있는 사진은 다섯 개였고, 벽면 전체에 비하면 일부였다.

초인종이 울렸고, 대문과 연결된 화면에 익숙한 두 친구의 얼굴이 보였다. 그들이 합류해서 모두 넷이 된 우리는 지하층으로 내려갔다. 뒤늦게 온 친구 둘이 검은 비닐봉지 안에서 비디오테이프 하나를 꺼냈다. 방금 전에 청계천 어느 가게에서 온갖 모욕을 당하며 구해온 거라고 했다. 절대 오학년으로는 안 봤을 거야, 라고 한 친구가 빼기듯이 말했다. 우리는 재석이네 강아지를 내쫓았다. 갈색 푸들이었는데 이 집 식구들은 물론이고 강아지 스스로도 사람이라고 믿고 있었기 때문에 충분히 부담스러웠다. 내몰린 강아지가 닫힌 문짝을 긁고 있는 동안 우리는 아랑곳하지 않고 화면에 시선을 고정했다.

화면이 발광하며 내보낸 것이 웬 만화영화여서 우리는 잠시 당황했지만, 어쩌면 그게 섬세한 배려일지도 모른다고 생각했다. 감시하는 사람들의 시선을 피할 수 있도록 돕는, 만두피 같은 것. 정작 그 속에 뭐가 들어 있는지는 아무도 모르게 말이다. 곧 화면 속에서 벗은 엉덩이가 등장하긴 했는데 아무리 화면 가득 그 엉덩이가 확대된다고 해도 만화영화는 만화영화였다. 우리가 오십 분 분량을 다 본 건 갑작스러운 화면 전환과 함께 뭐라도 한 장면이 나올까 싶어서였다. 그래서 끝까지 화면을 주시했지만 내용 파악도 안 되는 만화영화만 한 편 집중해서 본 셈이었다. 이걸 구하기 위해 온갖 모욕을 다 당했다던 애가 테이프를 되감아 다시 넣어보고서는 결국 사기당했다는 걸 인정했다. 초인종을 누를 때까지만 해도 단지 늙어 보이려 노력한 것 같던 그애의 얼굴이 그 순간, 정말 좀 늙은 것 같기도 했다. 실망한 친구는 소파에 몸을 기댔다. 소파 끝에 담배가 한 갑 놓여 있었고, 순식간에 늙은 열두 살의 소년 하나와 그 과정을 목격한 증인 하나가 담배 몇 개비를 꺼냈다. 다만 우리에겐 불이 없었다. 우리는 담뱃갑만 두고 라이터를 두지 않은 재석이네 아빠를 원망했다.

내가 그날을 또렷하게 기억하는 건 또다른 '처음'이 거기 있었기 때문이다. 우리가 불을 찾아, 정확히는 담뱃불을 찾아 1층으로 올라가던 중에 이 집에 방금 들어온 누군가와 마주쳤다. 우리는 가느다란 담배를 손가락 뒤 혹은 바지 주머니 안으로 숨기는 데 성공했다. 재석이네 엄마는 우리를 보고 싱긋 웃었다. 엄마였는데, 예뻤다. 사진보다도 더 예쁘다는 느낌이 든 건 재석이 엄마의 목소리 때문이었을 것이다. 내가 아는 모든 목소리 중에 가장 상냥했다.

재석이 엄마는 우리가 어떤 실망과 좌절을 겪었는지는 잘 알지 못했지만 우리를 달래는 법을 알았다. 갓 사온 바나나를 한 다발이나 풀었고, 우리의 부탁에 '스크램블드에그'까지 만들어주었다. 재석이가 하도 자랑을 해서 궁금했는데, 드디어 먹어보게 된 거였다. 나를 포함해서 다른 아이들에게 모두, 처음이었다. 그 열두 살의 한 오후보다 더 완벽한 상태의 스크램블드에그를 찾기란 이제 그리 어렵지 않은 일이 되었지만, 처음은 언제나 가장 큰 지분을 가진다.

그날 나는 일기에 '세상에 계란프라이랑 삶은 계란 말고도 다른 계란이 있다는 걸 알았다'고 썼다. 그런 거였다. 내가 재석이네 집에 놀러가는 걸 좋아했던 건 단지 그 집의 넓이 때문만이 아니었다. 그 집은 숨은 출구가 많았던 것이다. 그 집에서 처음 봤던 드럼 세탁기처럼 전혀 다른 방향으로 문을 여는 세계였다고나 할까. 그래서 소년들이 아지트로 삼기에 좋았다. 지금도 그런지는 모르겠지만 그 시절엔 친구들의 잦은 방문이 인기의 척도이자 존재의 이유가 되기도 했다. 재석이, 그리고 재석이와 늘 라이벌이었던 다른 부잣집 아이 입장에서는 분명 그래 보였다. 이 부잣집 아들들은 다양한 간식과 게임이 자기 집에 새로 입고되었음을 알리며 아이들을 끌어모았다. 당시 내가 어울리던 무리의 고민은 오늘 누구 집에 가서 놀 것인가를 결정하는 것이었고, 나는 늘 재석이네 쪽으로 한 표를 던졌다. 자연스레 재석이와 가장 자주 어울리는 친구가 되었고, 나중에는 혼자서라도 무작정 찾아가 벨을 누르면 그만이었다. 재석이가 집에 있으면 보는 거고 없으면 들어가서 기다리는 거고. 그 어느 쪽이든 무료하지 않았다.

늘 2층을 의식한 건 아니었지만, 어쩌다 1층에서 2층으로 이어지는 계단의 시작점을 보게 될 때면 자연스레 그 계단이 끝나는 지점을 상상하게 되었다. 아마 열네 살 초입까지 그랬던 것 같다.

재석이와 나는 같은 중학교에 갔고 여전히 동선이 같았음에도 불구하고 중학생이 된 후로 재석이네 집에 간 기억은 거의 없다. 우리는 예전만큼 어울리지 못했다. 반이 다르기도 했지만 진짜 문제는 성적과 체구였다. 재석이네 엄마가 우리 엄마에게 두 아이가 같이 과외를 받았으면 좋겠다고 제안한 적이 있었는데, 재석이가 공부에 흥미를 붙이지 못해서였다. 나는 엄마가 허락해주길 기대했기 때문에 결국 실망했다. 그러나 어느 순간부터는 우리가 같이 묶이지 않은 게 차라리 잘된 거라고 여기게 되었다. 재석이의 성적은 저 바닥에서 좀체 올라오지 못했고 키도 그랬다. 비슷했던 우리의 눈높이가 조금씩 달라졌다. 재석이는 공부도 운동도 못했고 예전의 호방함을 급속도로 잃어갔다. 나는 반장이 됐다. 재석이와 마주칠 일이 많지 않았을 뿐 아니라 재석이에게 신경쓸 여유가 없었다. 내가 반장이 되기 직전까지 내 존재를 인정하지 않으려는 애들이 더러 있었고, 그애들을 신경쓰는 것만으로도 바빴다.

이를테면 어떤 아이 하나가 하굣길에 다가와 이런 말을 하곤 했던 것이다. "너는 반장 못해." 반장 선거를 앞둔 시점이었고 나는 반강제적으로 반장 후보에 올라간 상태였다. 반장이 되고 싶지 않았고 그건 진심이었는데 아무도 내 말을 믿어주지 않았다. 우리 반에는 반장이 되기를 온 식구가 도모하는 애들이 있었다. "저는 반장이 되고 싶지 않습니다. 부족한 저보다 더 나은 친구가 반장을 했으면 좋겠습니다." 선거 유세 때 나는 그렇게 말했고 정말 진심이었으나 결국 반장이 되었다. 되고 말았다. 몇몇 애들은 나에게 겸손한 게 보기 좋았다고 말해주곤 했다. 내게 반장이 될 수 없을 거라고 말했던 아이는 부반장이 되었고 그때부터 내 말을 전달하는 데 온 힘을 쏟았다. 주로 조용히 하자, 줄 서자, 이런 것들. 반장이 되고 보니 어떤 역학 구도 같은 것이 교실 안에도 있는 게 빤히 보였는데 그런 식으로 보자면 재석이는 약자였다. 복도 끝에서 몇 차례 다른 애들이 재석이를 함부로 대하는 걸 보기도 했다. 재가 저런 대접을 받을 애가 아닌데, 싶다가도 나 역시 재석이가 더 이상 세상의 중심이 아닌 걸 인정하게 되었다. 중학교를 졸업하기 전에 재석이는 유학을 갔고 한동안 우리는 서로의 소식을 몰랐다.

재석이를 다시 만나기 전까지 나는 그 2층에 대해 잊고 있었다. 열두 살의 어느 오후를 완전히 장악했던 그 계단 너머에 대해서 말이다. 우리는 마흔셋이었다. 거의 삼십 년이 흐르는 사이에 우리가 살던 동네는 레이아웃이 바뀌었고, 여름날의 흥겨운 펍에 모인 네 명 중 옛 동네에 계속 사는 이는 없었다. 그나마 가장 오래 머문 쪽이 재석이네였다. 재석이네 엄마가 그 집에 계속 살다가 몇 년 전에야 이사를 갔다. 미국에 있던 재석이는 얼마 전에 한국으로 돌아왔는데 옛집이 있던 자리에 주유소가 생긴 걸 보고는 차에 기름을 채워넣었다고 했다.

우리는 이제 주유소가 되어버린 그 집에 대해 얘기했다. 스크램블드에그와 빵이 툭 튀어오르던 토스터, 요플레와 바나나, 육중한

전축과 벽면 두 개를 가득 채운 음반, 위가 아니라 앞으로 문을 낸 세탁기…… 그 집에서 가졌던 많은 '처음'에 대해서 말이다. 그 중에 몇은 내게 있어서 한 번도 현재인 적 없이, 미래에서 바로 과거로 가버렸다. 이를테면 자동응답기 같은 것. 재석이네로 전화를 걸면 종종 재석이 엄마의 목소리가 자동응답기에서 흘러나왔다. 용건을 녹음할 수 있는 그 전화기는 내가 미래의 어느 날에 대해 상상할 때마다 빠지지 않던 소품이었는데 어느새 자동응답기의 시대를 시간이 건너뛰어버렸다.

세부적인 장면으로 들어가 재생하기 시작하면 우리의 기억은 조금씩 달라서 어떤 것들은 끝까지 미스터리로 남았다. 재석이의 기억조차 정답에 근접해 있는 것인지 확실하지 않았다. 나는 재석이네 대문의 초인종에 음표가 그려져 있었다는 사실을 말했고 그건 꽤 생생한 기억이었다.

"음표가 닳아 없어지는데 내 손가락이 한몫했을걸!"

나는 뒤늦은 고백을 했다. 내가 초인종을 누르고 재석이 있어요, 할 때 어떤 대답이 돌아오는지는 중요한 게 아니었다고. 어떨 때는 재석이가 성가시기도 했다고. 혼자 놀고 있다가 마침내 재석이가 집에 오면 "네가 여기 어쩐 일이냐" 할 판이었다고. 내가 초인종을 누르며 "재석이 있어요?" 하는 시늉을 했고, 그게 신호탄이었다. 친구들은 저마다 자신이 기억하는 퍼즐 조각들을 꺼내놓았다. 우리는 대부분 재석이네 집의 구조에 대해 얘기했다. 그 시절 그곳이 아닌 다른 곳을 그리워한 건 재석이가 유일했다.

"복도에서 무슨 서랍을 열어서 쓰레기봉투를 버리면 그게 아래로 내려가는 거였는데, 거기서 쓰레기를 버리니까 좀 있다가 '통' 하는 소리가 나더라고. 기억나. 재미있었는데."

한참 있다가 통. 그랬나. 내가 살던 아파트는 재석이네 집에서 도보로 십오 분 정도 떨어진 곳에 있었는데, 지금도 같은 자리에 있었다. 당시에는 꽤 새 건물이었는데 이제는 그 일대에서 가장 오래된 건물로 남았다. 재석이는 그 복도식 아파트가 아직 그대로 있다는 사실을 놀라워했다. 나로서는 재석이가 그 아파트와 복도의 구조를 기억하고 있다는 사실이 놀라웠다. 우리는 오래전에 그 쓰레기통에 많은 것을 집어넣고 아래로 흘려보냈다. '통' 소리가 나지 않는 것들을 무시했고 '통' 소리를 남기는 것들을 기억했다. 소리를 남겼던 것 중에 하나가 '라이터'였다고, 재석이가 아닌 다른 친구가 말해주었다. 라이터였다고? 당연히 그랬다면 재석이네 아빠의 라이터였겠지. 우리는 각자 주워 담은 장면이 달랐던 게 분명했다. 그 친구는 '통' 소리를 내며 사라진 그 라이터에 대해 방금 우리가 먹은 피시앤칩스처럼 묘사했다. 그건 꽤 묵직하고 좋은 라이터였다. 어쩌면 그게 없어져서 재석이가 아빠에게 혼이 났을 수도 있었다. 우리가 왜 그걸 거기에 버렸는지, 그래서 재석이가 혼이 났는지 아닌지, 어떤 의심을 샀는지 아닌지 그런 건 누구의 기억 속에도 남아 있지 않았다. 단지 우리는 떨어뜨린 것들의 무늬를 기억했다. 색깔과 그걸 떨어뜨리기 직전의 질감 같은 것. 그게 사실인지 아닌지 대조할 근거가 어디에도 없는 것들.

라이터를 떨어뜨린 녀석은 재석이네 아빠의 담뱃갑에 대해서도 얘기했다. 그중에 몇 개비는 우리의 첫 담배가 되어버렸는데, 다른 애들은 모르겠지만 내 담배 경험은 두 번이 전부였고 두 번 모두 그 지하실에서 이루어졌다. 재석이네 먼 친척뻘 된다는 오십 대 아주머니가 그 집 살림을 도맡아 하셨는데 그분이 우리의 일탈을 목격한 적도 있었다. 우리가 흡연의 욕구와 금연의 욕구 사이에서 엄청난 갈등을 하고 있다는 것을 그분이 아는지는 모르겠지만 몇 번 들켰던 것이다. 그 아주머니는 엄청 화를 냈다. 호기심에 한 번, 다시는 안 그럴게요, 엄마한테 말하지만 마세요, 우리는 두 손을 싹싹 빌며 그렇게 말하곤 했다. 친구 하나가 담배인지 몰랐다는, 푸들도 웃을 말을 해서 더 의심을 사기도 했다. 그 아주머니는 그 시절 우리의 비밀을 가장 잘 아는 사람 중 하나였다. 그분에게 들킨 게 담배만은 아니었는데, 그 이후로 포르노도 보다 걸린 적이 있었던 것이다. 그러나 그분은 놀랍게도 다른 데에는 관대했다. 오직 담배, 담배만이 문제였다.

그때부터 꾸준히 담배를 피웠던 다른 친구가 그 태초의 담배가 뭐였는지 궁금해했지만, 정확한 담배명이 뭐였는지 역시 누구도 기억하고 있지 않았다. 어쩌면 그 담배 이름을 기억할지 모르는 한 사람―재석이의 아빠는 이미 돌아가셨고, 우리는 그 사실을 유효기간이 육 년이나 지난 후에야 알게 되었다. 조문에 유효기간이 있다면 말이다. 재석이는 다음 계절에 결혼할 예정이었고, 우리는 친구의 결혼식에 가게 된 걸 다행스레 여겼다.

이미 결혼한 친구가 둘 있었고 그중에 하나는 두 아이의 아빠이기도 했다. 재석이의 신부를 시작으로 해서, 우리는 각자의 휴대폰에 저장된 사람들을 서로에게 보여주었다. 나는 선영과 함께 에펠탑 앞에서 찍은 사진을 보여줬는데 재석이는 선영이가 예쁘다고 말했을 뿐, 그 사진의 구도가 익숙하다는 걸 눈치채지 못한 것 같았다. 에펠탑을 배경으로 찍는 사람들이 선택하는 흔한 구도였으니까. 그러나 내가 열두 살 때 그런 사진은 흔한 게 아니었다. 엽서나 그림이 아니라 실제의 누군가가 그런 사진을 찍는다는 건 재석이네 집에서 처음 봤고, 그게 실체보다 더 긴 잔영으로 내 머릿속에 남아 있었다. 연인과 파리 여행을 떠났을 때 가장 하고 싶었던 건 그 도시의 랜드마크 앞에서 사진을 찍는 거였고, 그건 내 기억에 있어서도 랜드마크가 될 법한 일이었다.

우리는 펍을 나와 얼마간 걷다가 헤어졌다. 펍에서의 몇 시간은 재석이가 예전의 입지를 다시 회복했다는 걸 증명하기에 충분했다. 우리는 하우스 푸어, 베이비 푸어, 웨딩 푸어에 대해 얘기했는데 그 어디에도 포함되지 않는 사람은 재석이뿐이었다. 넷 중에 가장 성적이 좋았던 나도, 가장 운동을 잘했던 친구도, 말주변이 좋았던 친구도, 모두 아등바등 살고 있었다면 재석이는 전혀 다른 방향을 바라보고 서 있었다. 여전히 키가 작았고 말랐고 내 기억에 따르면 한국에서 한 번도 좋은 성적표를 받아본 적이 없었지만 지금 재석이는 저 위에 있었다. 남은 셋이 아무리 점프해도 닿을 수 없는 그런 위치에. 오래전 그애의 집에 있던 그 드럼 세탁기처럼, 완전히 다른 방향에 문을 내고서.

그다음 주말, 나는 선영과 함께 옛 동네로 가보았다. 우리는 주말마다 서로의 이력을 하나씩 공유하고 있었다. 지난주에는 선영이 다녔던 고등학교 앞에 가서 즉석떡볶이를 먹었고, 이번주엔 내 차례였다. 나는 지금도 그 자리에 있는 초등학교에서부터 여정을 시작했다. 우리는 운동장 끝 의자에 나란히 걸터앉았다.

"여기가 개미 학살 현장이었지."

내 말에 선영은 "범죄자는 역시 멀리 못 간다니까"라고 했다. 선영의 말대로 나는 다시 현장으로 되돌아왔다. 그리고 지난주 선영의 현장에서 내가 했던 말을 돌려받고 있었다. 내가 매미 학살 현장까지 보여주자 선영은 내게 "평생 속죄하는 마음으로 살아"라고 했다.

"누구한테? 개미한테?"

"개미든 매미든 누구든."

그다음엔 내가 살던 아파트 단지로 갔다. 내가 살았던 동으로 들어가는 데는 아무 문제가 없었다. 우리가 졸업한 학교에 다시 찾아갔을 때는 운동장 안으로 들어가는 데에도 합당한 이유가 필요했지만, 다행히 내가 살았던 아파트는 지금도 어떤 울타리 없이 나와 내 동행을 받아주었다. 120동 408호. 그게 내가 머물렀던 주소였다. 오래전에 한 무리의 아이들을 태우고도 넉넉했던 엘리베이터는 예전보다 훨씬 좁아져 있었다. 엘리베이터에 내리면 니은자 모양으로 두 갈래의 복도가 뻗어 있었는데, 그중에 왼쪽이 내가 쓰던 방향이었다. 왼쪽 복도 끝에 408호가 있었다. 한밤중에는 어두운 복도가 너무 길고 무서워서 한참 달렸던 기억이 있었고, 선영에게 그렇게 했던 설명이 무색할 만큼 복도는 짧았다. 달려가고 말고 할 것도 없을 것 같았다. 선영은 오래전 어느 밤에 이 구간을 열심히 달렸던 한 꼬마를 상상하며 웃었다. 모든 게 조금씩 작아진 것 같았는데, 다행히 복도의 서랍식 쓰레기통은 그대로 있었다.

'사용 금지'라고 적혀 있었지만 여전히 캥거루 주머니처럼 열리긴 했다. 손에 들고 있던 페트병을 그 안으로 내려보냈다. '통' 하고 쓰레기가 바닥에 닿는 소리가 들리려나, 귀를 기울였는데 아무 소리도 들리지 않았다. 선영이 자신의 가방을 열어서 뭔가 소리가 날 만한 묵직한 쓰레기를 찾기 위해 뒤적뒤적했는데 마땅한 걸 찾지 못했다. 볼펜 하나를 그쪽으로 넣어봤지만 역시 아무 소리도 들리지 않았다. 내가 운동화 한 짝을 벗는 시늉을 하자 선영이 허리 벨트를 풀어내는 시늉을 했다. 그 안으로 던져넣을 마땅한 것은 우리에게 없었다. '통' 하는 소리가 나는지 어떤지 알기 위해서는 좀더 무게가 나가는 것을 갖고 올 필요가 있었다. 한편으로는 그 무엇도 소리를 남기지 못할 것 같았다.

아파트를 나와서는 이제 빌라들이 점령한 골목을 통과했다. 군데군데 아직도 건재한 주택들이 보였지만 대부분은 빌라였다. 어디에 차를 좀 세우고 걷고 싶었는데 세울 만한 공간이 보이지 않았다. 눈에 들어오는 건 저만치 반짝이는 주유소 간판뿐이었다. 재석이네 집이 있던 그 자리였다. 나는 천천히 주유소를 향해 차를 몰며, 이미 가르마가 바뀐 거리의 원형을 더듬어보았다. 대문이 어느 쪽이었지, 세 개의 마당이 어디에 있었지, 내 짐작이 맞는다면 주유소 안에 있는 기계식 세차장이 그 내부 계단이 있던 지점일 거였다. 기계에 차체를 맡기면 롤러가 알아서 진행해주는, 터널식 세차장이었다. 이미 차 한 대가 막 그 안으로 들어간 참이었다. 나는 세차 대기선 앞에 차를 세웠다.

선영은 우리가 세차를 한 주 전에 했음을 상기시켜주었다. 그것도 손세차를. 선영은 이런 기계식 세차장을 좋아하지 않았다. 나 역시 기계식 세차장의 고압적인 물살을 좋아하지 않았지만, 솔직히 세차만을 위해서 여기에 서 있는 건 아니었다.

"재석이네 집이 있던 자리야, 여기가."

내 유년의 여정에 재석이가 등장하지 않을 리 없었다. 이미 내게서 재석에 대한 얘기를 들었던 선영은 알겠다는 듯 의자 깊숙이 몸을 파묻었다.

"그거 알아? 재석이 있어요, 했을 때 대답이 뭐라고 되돌아오든 그건 중요한 게 아니었어. 어떨 땐 재석이가 성가시기도 했거든. 혼자 놀고 있다가 재석이가 오면, 니가 여긴 어쩐 일이냐, 그렇게 말할 판이었어."

몸을 깊게 파묻어 앉은키가 갑자기 줄어버린 선영은 내 말이 끝나자 이렇게 대꾸했다.

"엄청 끈진 아이였겠네. 근데 그거 알아? 항상 이렇게 시작하는 거. 옛날이야기 말이야. 그거 알아? 이렇게."

"그래?"

"그런데 그거 알아? 난 그거 알아, 로 시작하면 기대가 되더라. 내가 당연히 모를 얘기들인데, 그러니까 그걸 알 리가 없는 얘기인데, 뭔가 아는 얘기 같기도 하고. 잘 들으면 알 수도 있을 것 같고 그래서."

우리는 가볍게 웃었다. 웃는 동안 내가 왜 긴장하고 있었던가, 하고 생각했다. 나는 긴장하고 있었던 것이다. 이제 우리 차례였다. 세차장 직원이 기어를 중립에 놓으라고 말했고, 나는 그렇게 했다. 잠시 후 선영이 조금 놀란 표정으로 우리 차가 휘청거렸다고 말했고, 나도 그렇게 느꼈다. 저 십오 미터 길이의 터널, 몇 단계의 세차 시스템 안으로 들어가는 길목에서 차는 제대로 레일 위에 고정되지도 않은 거였다.

"이거 제대로 된 거예요? 차가 움직이는데."

내 말에 직원은 오히려 화를 냈다.

"브레이크에서 발 떼야죠."

"안 밟았는데."

"그러면서도 밟으시는 분들이 있어요."

말을 마친 그가 차의 옆구리를 툭 친 것 같았는데 차가 또 기우뚱했다. 우리가 과연 제대로 안착한 걸까, 제대로 흘러갈 수 있는 걸까, 무임승차한 듯 불안한 상태로 십오 미터 구간이 시작되었다. 선영은 뒤를 돌아보았지만, 직원은 상영 시간이 이미 지났다는 듯 두터운 커튼을 내려버렸다. 육중한 롤러가 차 한 대를 앞으로 밀고, 또 밀고 있었다. 우리는 미끈한 거품 속으로 밀려들어갔다. 그리고 곧 거대한 물살이 차 위로 쏟아졌다. 밖은 구름 한 점 없이 맑았지만 여기서는 폭우가 쏟아지고 있었다.

"어떤 사람들은 이 안에서 키스한대."

선영이 말했다. 선영은 기계식 세차장에서 일어날 수 있는 일에 대해 이야기하기 시작했고, 키스처럼 낭만적인 이야기만 있는 건 아니었다. 우리 차는 다소 불안하게 거치된 상태였고, 그 상황은 흉흉한 소문들을 떠올리게 했다. 선영은 세차 터널을 통과하다가 뒷 유리가 박살난 차를 알고 있다고 했다. 그게 누구의 잘못이건 간에 그런 일은 종종 일어난다고 했다. 세차 터널을 통과하고 나오자마자 엄청난 힘에 의해 앞으로 떠밀린, 어느 급발진 사고에 대해서도 얘기했다. 기계 세차로 인한 스크래치 같은 건 이야기

축에도 끼지 못한다는 거였다. 선영은 거기까지 말하고는 눈을 꾹 감았다.

계절이 다른 터널 안에서, 나는 오래전에 내가 통과했을 한 장면을 기억해냈다. 지금처럼 브레이크를 조금도 밟지 않은 상태로, 앞으로 떠밀려갔던 그 오후 말이다. 나는 학원에 간 재석이를 기다리고 있었다. 재석이 엄마가 레모네이드를 만들어주고는 밖으로 나갔다. 레모네이드 속의 얼음을 입속에 넣고 이리저리 굴려보다가, 강아지가 2층으로 연결되는 계단을 두 계단쯤 올라 웅크리는 걸 보았다. 나는 뭐에 홀린 것처럼 일어나서 강아지 쪽으로 갔다. 그리고 강아지를 따라 계단을 하나, 둘, 올라갔고 마침내 세번째 계단에 발을 올리려던 순간 강아지가 짖어대기 시작했다. 너무 놀라서 발을 헛디딜 뻔했다. 강아지는 마당으로 나가버렸다. 나는 강아지가 사라진 지점을 바라보다가 벽에 붙어 있는 인터폰 수화기를 집어들었다. 그리고 교신을 시도했다. 재석이가 한다던 것처럼 1층에서 2층으로 뚜, 뚜, 뚜.

당연히 2층에서는 누구도 대답하지 않을 게 분명했는데 나는 그 긴 신호음을 왜 듣고 있었던 걸까. 잠시 후 내가 황급히 마당으로 뛰어나간 건 수화기 너머에서 누군가가 가만히 숨을 내쉬었기 때문이었다. 이런 식이 아니고서는 통화를 어떻게 그만둘 수 있겠냐는 듯이, 누군가가 숨소리를 냈던 것이다. 마당으로 뛰쳐나갔을 때 재석이 막 대문 안으로 들어오고 있었고, 나는 2층에 누가 있는 게 아니냐고 다급하게 물었다. 재석이는 아무도 없다고 대답했다. 엄마는 근처에 갔고, 아빠는 아직 회사에 있다고. 그건 나도 아는 사실이었지만, 신호음이 귓바퀴를 따라 계속 맴돌았다.

차는 어느새 폭우 구간을 통과해 건조한 사막 지대로 들어와 있었다. 바람이 모든 습기를 빨아들이고, 빠른 속도로 차를, 차 안의 두 사람을, 모든 기억을 접수해 갔다. 그 끝에 뭔가 '통' 하는 소리가 들렸는데 그게 소리로 온 것인지 아니면 발밑의 진동으로 온 건지 모호했다. 어쩌면 오래전에 내가 흘려둔 기억 하나가 엄청난 시차를 두고서 이제야 바닥에 닿은 것인지도 몰랐다.

선영은 내 얘기를 듣더니 어떤 순간들은 잔열을 갖고 있어서 물리적 시간보다 더 오래 지속된다고 말했다. 그런데 우리를 움직이는 건 의외로 아주 큰 에너지가 아니라, 그런 잔열일 수도 있다고 말이다. 나는 선영에게 모든 이야기를 다 한 게 아니었지만, 더듬듯이 다가온 선영의 말이 나를 어느 정도는 관통했다고 느꼈다. 마침내 터널이 끝났다. 저만치 '초록불로 바뀌면 이동하세요'라는 문장이 보였지만, 초록불은 한참 기다려도 떠오르지 않았다. 지금, 이 물의 터널을 통과하는 차는 단 한 대뿐이었는데 정체가 꽤 길었다.

해설
한영인(문학평론가)

잔존하는 잔열

1. 현실에서 딱 한 발짝

윤고은은 비교적 이른 시기에 고유의 문체/채(style/figure)를 확립하는 데 성공한 작가다. 그녀는 첫 소설집 『1인용 식탁』(문학과지성사, 2010)에서부터 훗날 '메이드 인 윤고은'의 징표로 거론될 여러 문체/채적 특질들을 이미 선보였으며 이후 꾸준한 작품활동을 통해 그 특질들을 하나의 강고한 개성으로 자리매김한 바 있다. 그녀는 확실히 다작의 작가이지만 당연하게도 꾸준한 다작이 문체/채의 확립을 자동적으로 보증해주는 것은 아니다. 사태는 차라리 거꾸로 이해되어야 할 것이다. 문체/채의 확립은 작가의 주관적인 재능과 노력 여하에 달린 것이 아니라 독자들의 수용 양상과 접합되는 간주관적 영역에서 발생하는 사건인 바, 거기서는 작가가 제출한 문체/채를 당대 문학장의 스펙트럼 속에서 유의미한 개성으로 승인하는 독자들의 수용 태세가 결정적인 요인으로 작용하기 때문이다. 한국문학의 독자들은 윤고은의 소설에서 어떤 매력과 수용 가치를 발견했던 걸까.

먼저 현실에 존재하는 사물과 사태들을 밀착된 시선으로 포착하는 것에서 출발하지만 끝내 그로부터 가뿐하게 이탈하는 윤고은 특유의 활달한 비약을 빼놓을 수 없을 것이다. 예컨대 이런 식이다. '혼밥'이 점차 단자화되는 주체의 현실을 보여주는 사회적 현상을 식문화의 관점에서 포착한 저널리즘적 명명이라면 윤고은은 거기서 한 발짝 더 나아가 '혼밥 학원'이라는 엉뚱한 소설적 장치를 가동시킨다(「1인용 식탁」). 또한 술을 마시고 헤어진 옛 연인에게 전화를 거는 주책맞은 실수는 우리 주변에 흔한 것이지만 그녀는 거기서 이불을 차는 것에 머물지 않고 음주 통화를 전문적으로 받아주는 새로운 기업을 세움으로써 우리를 미증유의 임노동 관계 속으로 밀어넣는다(「해마, 날다」, 『알로하』, 창비, 2014). 이렇듯 윤고은 소설은 더없이 일상적이고 산문적인 지점에서 출발하지만 그로부터 전개되는 플롯은 사물/사태의 잠재성을 비약적으로 초과한다. 이 과정에서 그녀가 천연덕스럽게 내보이는 의뭉스러움과 엉뚱함은 독자로 하여금 교묘하게 비틀어진 현실을 낯설게 바라보게 만든다.

한편 윤고은은 현실과 환상의 경계를 자유롭게 넘나드는 작가로 유명하다. 하지만 이때 우리가 주목해야 하는 것은 현실과 환상 사이에 놓인 빗금이 아니라 환상을 여전히 현실에 얽매어놓는 중력의 엄연함이 아닐까 싶다. 아마 첫 장편소설의 제목이 워낙 강렬한 탓이겠지만—그 책의 제목은 『무중력 증후군』(한겨레출판, 2008)이다—그녀의 소설은 종종 현실의 기율(중력)을 무책임하게 뛰어넘는다는 평가로부터 자유롭지 못했다. 물론 눈을 감는다고 눈앞의 현실이 사라지는 것이 아닌 것처럼 현실은 아무리 재기발랄하고 자유분방하게 뛰어넘어도 늘 그 자리에 억압과 질곡의 실체로 작용하고 있다는 지적은 확실히 적확하다. 문학이 그런 현실을 가볍게 초월할 것이 아니라 두 눈을 더욱 부릅뜨고 현실세계와 시스템의 원리를 묘파하는 데 진력을 기울여야 한다는 주문 역시 문학의 인식적 기능과 가치를 고려할 때 수긍이 가는 측면이 있다. 하지만 그것이 윤고은 소설에 대한 비판적 평가에서 비롯된 주문이라면 이야기는 조금 달라진다. 왜냐하면 그녀가 즐겨 채택하는 상상력은 현실로부터의 가벼운 이탈의 장치가 아니라 현실을 지배하는 자본의 논리를 정확히 겨냥하고 있는 경우가 대부분이기 때문이다.[1] 아마 윤고은의 소설이 단순히 현실의 중력을 재기발랄한 상상력으로 해제시키는 정도에 머물렀다면 그녀의 문

---

1) 관련된 글로는 졸고, 「세계의 불안을 견디는 두 가지 방식」, 『창작과 비평』 2016년 여름호 참조.

체/채는 그 순간 힘없는 수사로 곤두박질쳐버렸을 것이다.

그러나 그녀의 소설은 현실에서 딱 한 발짝 비켜섬으로써 현실과의 정면충돌을 방지하는 동시에 여전히 독자의 눈이 지금 이곳을 향하게끔 시야의 좌표를 설정한다. 그 한 발짝의 거리감이 윤고은 소설의 활기와 재미, 그리고 현실적 반성력을 확보해낸다. 여기 놓인 여섯 편의 작품들을 통해서도 우리는 그 특유의 거리감과 문체/채가 자아내는 윤고은 특유의 활력과 매력을 어렵지 않게 확인할 수 있다.

2. 서울에서 평양까지

서울에서 딱 한 발짝을 내딛는다면 그곳은 어디가 될까. 어떤 한심한 국회의원은 부천과 인천부터 떠올릴 것이고 나처럼 경기 북부에서 오래 살았던 사람은 의정부나 구리 정도를 떠올릴 것이다. 하지만 윤고은이 지닌 기발한 상상력의 보폭은 쉽게 휴전선을 넘어 개성과 평양에 자신의 한쪽 발을 내려놓길 주저하지 않는다. 「부루마불에 평양이 있다면」은 윤고은식 '딱 한 발짝'이 성공적으로 내딛어진 좋은 예이다.

우연히 하와이 경품 항공권에 당첨된 '나'는 '알리'라는 수학자 겸 부동산 투자자가 운영하는 에어비앤비 숙소에 묵게 된다. 북한 부동산 투자에 관심이 있는 '알리'는 일부러 북한 출신 투숙객만 골라 받는다. 이야기는 그 사실을 미처 알지 못했던 주인공이 의도치 않게 국적을 북한으로 속이고 '알리'의 집에 묵게 되면서 시작되는데 이후 '나'는 '알리'로부터 적극적으로 북한 부동산 투자를 권유받게 된다. 흥미롭게도 여기서 북한은 미국 중심의 국제질서에 맞서는 '악의 축'이나 대량살상무기로 세계를 위협하는 '불량국가'가 아니라 세계화된 자본에 의한 수동적인 공략 대상으로 표상된다.

이러한 발상은 실제 현실의 변화와 부합하는 면이 있다. 워런 버핏, 조지 소로스와 함께 세계 3대 투자 대가로 꼽히는 짐 로저스는 최근 한 인터뷰에서 자신은 2차 북미회담 결렬에 실망하지 않으며 여전히 북한에 전 재산을 투자하겠다고 밝혀 화제가 된 바 있다. 북한에 내장된 풍부한 천연자원과 우수하지만 저렴한 노동력, 그리고 관광 상품으로서의 가치 등을 높이 산 것이 그 이유였다. 그런데 외부 자본의 유입은 북한의 성공적인 개혁개방을 이끌어내는 데 필수적인 요소지만 동시에 자본에 의한 식민화의 위험을 내포하고 있는 것이기도 하다. 하여 분단체제를 올바르게 극복하고 보다 인간적인 한반도 체제를 만들어가는 과정에서 이러한 자본의 힘을 어떻게 제어할 것이냐를 고민하는 것은 중요로운 일일 수밖에 없다.

이 소설의 매력적인 지점은 이와 같은 거시적 과제를 오늘날 구체적인 남한의 현실 위에 포개어놓는 방식에 있다. 여기서 갑자기 질문 하나. 개성이나 평양에 건설될 신도시의 아파트에 투자하는 것과 남한에서 젊은 청춘 남녀가 결혼하고 아이를 낳아 기르는 일 중 어느 것이 더 비현실적일까? 금강산 관광은커녕 개성공단까지 문을 닫은 지금 많은 사람들은 당연히 전자를 고를 것이다. 하지만 합계 출산율이 0명대로 떨어진 작금의 상황을 떠올려보면 이게 생각만큼 간단한 문제가 아니란 사실을 깨닫지 않을 수 없다. 이 땅에서 남녀가 사랑으로 결합해서 가정을 꾸리고 아이를 낳아 기르는 일은 이제 리얼리즘 서사가 아니라 SF 서사가 담당해야 하는 영역이 아닐까 싶을 정도로 사랑과 결혼과 출산은 북한에 대한 직접투자만큼이나 우리 세대에게는 비현실적인 일이 되어가고 있기 때문이다.

'나'는 연인 선영과 구 년 동안 사귀었으나 선영의 은근한 압력에도 불구하고 선뜻 결혼을 결정하지 못하고 있다. 결혼이라는 현실적인 목표 지점 앞에서 '나'가 번번이 발걸음을 멈추게 되는 건 아마도 "전셋집이나 수도권의 미분양 아파트를 찾기에도 역부족"인 "예산" 때문일 것이다. 결혼에 골인하지 못한 채 김빠진 교제를 이어온 '나'와 선영의 관계는 결혼과 출산을 포기한 우리 시대 청년들의 자화상과 자연스럽게 접속하지만 "이제는 남한이 아니라 북한까지 고민해봐야 하는 우리의 상황"이라는 '웃픈' 자조에서 드러나듯 청춘의 졸아든 처지는 분단과 통일, 그리고 북한이

처한 식민화의 위험을 경유하면서 비로소 활달한 문제성을 지니게 된다.

그런데 이 소설은 '나'와 선영이 평양 신도시에 분양 신청을 하고 결혼을 약속하면서 조금은 갑작스럽게 느껴지는 해피엔딩으로 마무리된다. 이와 같은 결말이 데이비드 하비가 말한 '공간적 해결spatial fix'의 분단체제적 사례로 볼 수 있을 것인지에 대해서는 아미 다양한 의견이 갈릴 것이다.[2] '나'가 분양을 신청한 평양 신도시 아파트의 입주 시점인 2023년까지 통일이 될지 불확실하다는 점과 '나'와 선영의 평양 투자는 투기적 자본의 운동이라기보다는 사랑과 결혼에의 의지를 확인하는 맹세와 서약의 기능을 갖는다는 점에 주목하는 사람이라면 그렇게 치부하기란 쉽지 않다고 주장할 것이다. 하지만 그럼에도 그 맹세와 서약이 "규제가 풀린 북한 쪽으로 외국 자본부터 물밀듯이 들어갈" '오래된 미래'에 기반하고 있다는 사실 역시 무시하기 어렵다.

이 소설은 북한이라는 유사pseudo 식민지의 존재에 기대어 작동한 해피엔딩 플롯이라는 혐의를 받을 만하지만 결말에 제기된 "여기, 지금, 당장"의 문제가 지닌 하중의 뚜렷함이 동시에 그 혐의와

---

2) 데이비드 하비는 제국주의를 '권력의 영토적 논리'와 '자본주의적 논리' 간 변증법적 또는 모순적 관계로 규정하면서 미국의 금융자본을 중심으로 한 신제국주의의 특성을 논구한 바 있다. '공간적 해결'이란 한계에 부딪친 잉여자본을 영토를 넘어서 투자함으로써 자신의 모순을 해결하려는 자본의 움직임을 의미한다.

맞서게 만든다. 북한의 신도시는 둘째 치더라도 일단 여기서 보금자리를 마련하기 위해서는 은행에 가야 한다는 냉혹한 현실 말이다. 이 단호한 명령의 화법 앞에서 청춘의 행복한 결합은 다소간 유예될 수밖에 없는데 윤고은의 세계 속에서 성공적인 로맨스의 완성을 맞이하기 위해서 인물들이 넘어야 할 현실의 벽은 이렇게나 높고 험하다. 그 어려움은 부루마불에 평양이 들어가는 세계를 그저 낙관할 수 없다는 사실과도 맞닿아 있다. 부루마불에 평양이 등장하는 날은 아마도 북한이 '평평해진 세계'(토머스 프리드먼) 속에서 '정상 국가'의 일원으로 기입되는 날일 것이다. 그런데 그 미래의 세계로부터 우리가 그다지 밝은 희망을 감지하지 못하는 이유는 무엇일까. 어쩌면 그건 "사랑하는 사람과 함께"하는 소중한 순간마저 복속시키는 지구적 자본의 투기성으로부터 우리의 오늘이 결코 안전할 수 없기 때문은 아닐까.

3. 로맨스 푸어의 로맨스

잘못 전달되었을 뿐 진심이라니. 연경은 그가 자신을 비꼬고 있다고 느꼈다. 베이비 푸어가 된 친구의 푸념을 들어준 적이 있고, 하우스 푸어가 된 친구의 푸념을 들어준 적이 있지만, 연경은 자신이 친구들과 같은 돌림자를 갖게 될 거라고 생각해보지는 못했다.

그런데 로맨스 푸어라니. (「오믈렛이 달리는 밤」, 90쪽)

윤고은의 소설에서 좀처럼 찾아볼 수 없는 것들의 목록을 작성해본다면 과연 그 목록에는 어떤 것들이 들어갈까. 독자에 따라 내놓는 답은 다양하겠지만 나는 단연 '로맨스'를 제출하고 싶다. 물론 그녀의 소설에 연인과 부부 혹은 남자와 여자가 등장하지 않는 건 아니지만 그들 사이에서 딱히 '로맨스'라고 부를 만한 사건이 일어나는 경우는 매우 드물다(의심이 가는 독자라면 그녀의 전작을 모두 뒤져보아도 좋다). 사랑이 일반적이고 보편적인 문학의 오랜 테마라는 점을 떠올려보면 윤고은에게 나타나는 이와 같은 '로맨스 푸어' 경향은 그것이 사랑-로맨스에 대한 일종의 의식적인 거부의 산물일 가능성을 내포한다는 점에서 주목할 만하다. 그런데 이 소설에서 '로맨스 푸어'라는 말은 조금 잘못 사용되고 있는 것처럼 보인다. 하우스 푸어나 베이비 푸어 등의 용어에서 알 수 있듯 그것은 앞선 단어의 소유로 인해 유발되는 빈곤을 의미하는 것이지 앞선 단어 자체의 빈곤함이나 빈약함을 의미하는 것이 아니기 때문이다. 하지만 여기서는 '로맨스 자체의 빈곤'을 뜻하는 소설 속 맥락을 따라 이 용어를 사용하기로 한다.

윤고은 소설에서 로맨스가 부재한 데에는 여러 이유가 있을 것이다. 먼저 작가 자신이 통속적인 남녀 사이의 만남과 사랑을 그리는 일에 별 흥미가 없을 가능성을 크게 생각해봐야 하겠지만 그녀가 즐겨 채택하는 알레고리적 기법 자체에서 발원하는 영향도 작지 않은 것 같다. 알다시피 알레고리 속에 등장하는 인물들은 구체적인 숨결을 지닌 인물의 모방이라기보다는 기능적인 요소로 환원되는 경향이 있다. 나는 앞서 언급한 졸고에서 윤고은 소설에서 "인물들은 대개 상품의 의인화된 형태"로 나타나는 측면이 있음을 지적한 바 있는데 이런 종류의 인물들이 '로맨스'를 나누는 장면을 상상하는 것은 확실히 쉽지 않은 일이다.[3]

하지만 이번 작품집 이후 이와 같은 평가는 '미세하게' 조정되어야 할지도 모르겠다. 왜냐하면 여기서는 그전과 다르게 소소한 로맨스의 기미가 단연 눈에 띄기 때문인데 굳이 '미세하게'라는 단서를 단 것은 그 로맨스가 우리가 으레 생각하는 것처럼 전형적이지는 않기 때문이다. 아닌 게 아니라 여기서 로맨스에 임하는 남녀 인물들 모두 서로에 대해 한 발짝 정도 비켜서 있다. 그런 점에서 우리는 이 로맨스를 '윤고은표 로맨스', 그러니까 '로맨스 푸어의 로맨스'라 부를 수 있지 않을까.

일견 로맨스와 무관해 보이는 「우리의 공진」에서부터 출발해 보자. 이 소설은 비슷한 환경에 놓인 사람들 사이의 비대면적 접촉을 다루고 있다. 비대면적 접촉이라고 하면 사람들은 PC 통신이나(너무 낡았나? 하지만 나는 〈접속〉을 기억한다) 소개팅 어플

---

3) 졸고, 앞의 책, 268쪽.

(너무 까졌나? 하지만 실제로 사람들이 많이 한다더라) 같은 것들을 떠올릴 테지만 여기서는 난데없이 통근버스가 등장한다. 하지만 현실의 사물/사태에서 한 발짝 더 나아가는 윤고은 소설답게 이 통근버스는 그냥 통근버스가 아니라 "좌석마다 모니터와 접이식 테이블, 독서등과 비상 호출 버튼"이 있는 프리미엄 통근버스다. 언뜻 이 작품은 기업사회를 알레고리적으로 형상화한 「P」(『알로하』)를 떠올리게 한다. 하지만 「P」에 등장하는 통근버스가 닫힌 세계를 왕복하는 회로의 기능적 부속품 같은 것이라면 여기서 통근버스는 주인공이 익명의 타자와 접속하고 연결되는 매개로서의 의미를 지닌다.

소설은 회사로 대표되는 조직사회의 단면을 그려내는 메인 플롯 아래 희미한 로맨스를 배치해놓고 있다. '나'는 우연히 같은 좌석을 공유하는 한 여자에게 호기심을 가지게 되며 이는 점차 이성적 설렘으로 발전한다. '나'는 그녀와 프리미엄 버스에 비치된 전자 메모장의 낙서를 통해 조금씩 가까워지게 되고 마침내 여자는 '나'에게 만남을 청하게 된다. 이를테면 본격적인 로맨스가 시작되기에 충분한 어떤 전환점이 마련된 것이다. 하지만 '나'는 끝내 여자의 청을 받아들이지 않는데 표면적인 이유는 그녀가 '나'의 지위를 과대평가하고 있다는 데 부담을 느낀 것이지만 진짜 이유는 그녀와의 만남이 빚어낼 파동을, 그러니까 둘이 함께 만들어낼 "공진"이 가져올지도 모르는 어떤 "파국"을 감당할 자신이 '나'에

게는 없기 때문일 것이다. '나'는 스프링이 발생시키는 진동을 "스
펀지나 유체 같은" "댐퍼"로 막는 데 골똘한 소시민일 뿐이며 그
소시민에게 로맨스는 자기가 감당할 수 없는 공포와 두려움의 대
상일 뿐이다.

　소설의 서사는 크게 만남과 떠남이라는 두 축을 가진다. 로맨스
의 경우 두 사람이 만나서(만남) 이전까지 고수하던 동일성의 자
리에서 벗어나 불확실한 미지의 영역으로 발걸음을 옮길 때(떠
남) 비로소 그 서사가 작동한다. 하지만 윤고은표 '로맨스 푸어의
로맨스'는 이와 같은 로맨스 서사의 작동 원리를 의식적으로 거부
하는 듯 보인다. 「양말들」의 경우가 대표적인데 여기서는 인물들
의 만남이 "공진"을 발생시킬 가능성이 애초부터 차단되어 있다.
왜냐하면 한쪽은 이미 죽어 현실에 어떠한 작용도 미칠 수 없는
존재가 되어 있기 때문이다. 「양말들」은 그렇게 대면할 수 없는 존
재들 사이에서 이루어지는 마주침에 대한 이야기이다.

　이 작품에는 영문을 알 수 없는 죽음을 맞은 후 자신의 죽음을
둘러싼 풍경을 들여다보는 인물이 등장한다. 그 풍경들을 들여다
보며 '나'는 커다란 당혹감을 느끼는데 거기에 등장하는 대부분의
사건들은 오해에서 비롯된 것이기 때문이다. '나'가 남긴 유서나
친구 윤에게 잘못 건 전화 같은 것들은 모두 살아생전 '나'의 진심
을 입증해주는 확고한 물증으로 작동하지만 그건 제멋대로의 해
석이 만들어낸 오해일 뿐이다. 그중에서도 가장 난감한 건 취소된

결혼식의 축가를 불러주기로 했던 후와의 관계이다. '나'의 유서를 제멋대로 해석한 언니는 문상을 온 후에게 "연지가 그쪽을 많이 좋아했어요. 우리 연지 기억해주세요"라며 "잘못 배달된 고백"을 행한다. '나'는 혼자 차 안에 앉아 불러주기로 약속했었던 축가를 부르는 후를 바라보며 "어쩌면 정말 내가 후를 그리워했던 건 아닐까?" 하고 생각해보지만 그건 자신이 스스로에게 숨겨온 진실이라기보다는 일반적인 "기능성"에 지나지 않는다.

어쩌면, 어쩌면 정말 내가 후를 그리워했던 건 아닐까? 죽고 나서야 그걸 인식했다면 운이 없는 편이지만, 이제 와서 어떤 온도를 상상하는 게 영 쓸모없는 일은 아닐 것 같았다. 눈을 뜬 후가 노래를 부르기 시작했으니까. 내게 선물로 준 노래, 그 노래를. 후가 정말 노래를 부른 걸까. 아니면 내가 잘못 들은 것일까. (……) 후는 투명한 나와 노래를 함께 불렀다는 사실, 투명한 나를 길 위에 흘려뒀다는 사실도 모른 채 차의 시동을 걸었다. 그리고 멀어졌다. 나는 다시 분향실로 돌아왔다. (「양말들」, 32쪽)

무척 아름답고 쓸쓸한 장면이지만 감정은 극도로 절제되어 있으며 후와의 마지막 순간 역시 덤덤하게 처리되고 있다. 생전에 지녔을지도 모를 사랑의 가능성은 회한이나 안타까움이 아니라 "운이 없는" 정도로 그려질 뿐이어서 여기서도 로맨스는 점점 줄어드는 '나'의 영혼의 두께처럼 희미하게 존재한다.[4] 「우리의 공진」에서 로맨스를 가로막는 것이 공포와 두려움이라면 여기서는 미처 깨닫지 못한 뒤늦음과 작은 오해가 빚어낸 소동이지만 이 정도의 오해는 차라리 나은 편이다. 하지만 남녀 간의 로맨스가 이보다 더 지독한 오해로 점철된 것이라면 어떨까.

「평범해진 처제」는 조금 전 살펴본 「양말들」과 비슷한 메시지, 그러니까 로맨스란 서로간의 오해에 기반하기 마련이며 그 오해는 항상 너무 늦게 발견된다는 사실을 우리에게 상기시킨다. 작품 속에서 반복 교차되는 여러 겹의 오해를 따라가다보면 우리는 자연스럽게 남녀 사이에 도저히 빠져나올 수 없는 오해의 깊은 늪이 존재한다는 사실과 마주하지 않을 도리가 없다. "너를 읽는 건 설레는 일이다"라는 표고영의 말이 '나'를 향한 게 아니라 '나'의 친구 민아를 향한 것이었으며 표고영이 여전히 잊지 못하고 있는 것은 한때 만났던 '나'가 아니라 과거의 민아일 따름이라면, 하여 과거 '나'가 표고영에게 고한 이별마저 주체적인 선택이 아니라 그

---

4) 물론 이 작품은 서사에서 차지하는 로맨스의 희미한 두께를 자신의 죽음 이후의 풍경을 따뜻하게 관조하는 인물의 시선으로 두텁게 채우고 있으며 그 따뜻함 역시 윤고은 소설이 가진 특유의 덕목 중 하나이다. 윤고은의 소설에는 악한 사람이 거의 등장하지 않는다는 사실은 이미 지적된 바 있는데 이건 제멋대로 후에게 고백을 한 언니를 향해 "나는 언니를 미워하지 않기 위해 언니 입장에서 생각해보려 애썼다"와 같은 문장을 통해서도 여실히 확인된다. 실수나 오해를 저지르는 사람의 선의를 믿고 그 선의를 애써 헤아리려는 마음 같은 것 말이다.

모든 상황의 압력에 마지못해 떠밀린 것이었다는 억압된 진실이 드러날 수밖에 없는 순간이라면 우리가 서로에 대해 지닌 기억과 추억들은 이해의 결과가 아니라 (스스로마저 속인) 오해의 산물에 불과한 것이 아니겠는가.

윤고은은 이와 같은 오해를 남녀 간의 관계에 있어 피할 수 없는 숙명적인 것으로 보는 것처럼 보인다. 왜냐하면 그 오해야말로 실은 이해보다 더 리얼한 현실감을 선사하기 때문이다. 가령 야동 리뷰를 쓰는 '나'는 "여자 냄새가 나는 문장을 쓰기 위해서는 결국 남자 입장에서 생각"해야 한다고 말하는데 그 이유는 "진짜 여자의 생각 말고, 남자가 상상하는 여자의 생각"을 쓸 때에야 그 글은 비로소 '리얼'해지기 때문이다. 이때 중요한 건 솔직함이 아니라 타인의 의도된 오해에 부합하는 역할을 수행하는 것인데 이는 그와 같은 오해를 경유해야만 서로에 대한 환상을 작동시킬 수 있는 상징계의 구조에서 말미암는다.

결국 남자는 자신과 섹스하는 여자의 얼굴을 보면서도 그 표정이 진짜인지 아닌지를 알 수 없어 두려워하고 여자 역시 진짜 자신의 본모습이 아닌 남성을 경유한 여성의 리얼리티를 승인할 뿐이다. 사정이 이와 같다면 로맨스는 믿을 수 없는 화자들이 가면을 쓰고 벌이는 진실 게임에 다름 아닐 터, 어쩌면 윤고은의 '로맨스 푸어'는 이와 같은 서늘한 인식에서 비롯한 결과처럼 보인다.

4. 잔존하는 잔열

'로맨스 푸어'라는 단어가 직접 등장하는 「오믈렛이 달리는 밤」
은 이번 소설집에 실린 작품 중 로맨스의 하중이 가장 크게 느껴
지는 작품이다. 하지만 여기서도 로맨스의 당사자는 결합에 이르
지 못하고 미끄러진다. 두 사람이 합심해서 만든 "진짜 본론"인
오믈렛이 "프라이팬과 접시 사이의 그 애매한 공백으로 툭" 하고
떨어지는 소설의 마지막 장면은 예의 윤고은표 '로맨스 푸어의 로
맨스'적 결론에 충실한데 프라이팬과 접시 사이에 놓인 그 애매한
공백을 우리는 남자와 여자 사이에 가로놓인 본질적인 허방으로
바꿔 읽을 수도 있을 것이다.

하지만 "왼쪽으로 한 번 오른쪽으로 한 번 꿈틀거리며 제 몸을
추스르더니 몸을 발딱 일으켜" 다급하게 꽁무니를 내빼는 오믈렛
의 의뭉스러운 자태는 그 허방이 치명적인 함정이나 위험이라기
보다 우리가 살면서 어쩔 수 없이 안고 가는 사소한 인간적 결점
처럼 보이게 만든다. "모든 수가 다 틀어져버렸다고 생각되던 그
순간"에도 민망함을 무릅쓰고 움직이는 이와 같은 정동이야말로
'로맨스 푸어의 로맨스'에 고유한 것일 텐데 그것은 "물리적 시간
보다 더 오래 지속"되는 "잔열"과 맞닿아 있다.

「물의 터널」의 결말에서 선영은 "우리를 움직이는 건 아주 큰
에너지가 아니라, 그런 잔열"일 수도 있다고 말한다. 어쩌면 우리

는 로맨스에 대해서도 비슷하게 말할 수 있지 않을까. 더할 나위 없이 뜨거운 결합이 아니라 "애매한 공백"으로 자꾸 미끄러지는 마음들이 빚어내는 잔열들이 우리가 살면서 대면하는 사랑의 정체라고 말이다. 그렇다면 갖은 공포와 두려움, 오해와 허방들 사이에서 비틀대며 걸어가는 인생이지만, 그리고 뭐 하나 뜨거울 것 없이 미지근하게 지속해나가는 일상이지만, 그럼에도 우리가 이 따금 뒤를 돌아볼 수 있는 건 바로 그와 같은 "잔열"에 담겨 있는 "어떤 온도" 때문인지도 모르겠다.

　사람의 내부에는 "어떤 걸 던져넣어도 남는 소리가 없"는 텅 빈 심연이 존재한다. 로맨스의 (불)가능성은 그와 같은 텅 빈 심연 의 바닥에서 마침내 희미하게 들리는 작은 소리를 감지해내는 조심스러운 기다림에서 시작하는 것일 테다. 윤고은은 여기 실린 작품들을 통해 그 희미한 소리와 미세한 열기를 우리에게 건네고 있다. 그녀에게 건네받은 희미하고도 미세한 기미를 어떻게 간직할 것인가 하는 문제는 이제 우리의 몫이다.

작가의 말

　여섯 편의 소설들은 2016년과 2017년의 어느 계간지, 월간지에 발표되었는데 지면이 내걸고 있는 봄이나 여름과는 별 관련이 없다. 소설 한 편을 쓰는 동안 나는 보통의 계절감과는 별개의 아주 독립된 계절을 통과하기 때문이다. 지구의 이동 속도나 방향과는 동떨어진 방식으로, 사계절이란 분류는 너무 무감해서 무식하다는 듯이, 꿈쩍도 하지 않다가 마지막 문장을 쓰고서야 겨우 움직이기 시작하는 계절들. 소설집을 묶고 나면 실제보다 훨씬 더 많은 시간이 흘러간 느낌을 받는데, 아마 이런 계절 운용법 때문일지도 모르겠다.

　소설을 쓴다는 것 그러니까 어떤 세계를 창조하는 행위 때문에 외롭지 않다고 하면 엄청난 착각이거나 위대한 발명이거나 둘 중

하나일 것이다. 어느 쪽이든 무용하지 않은 놀라운 일이기도 하고. 물론 이로 인해 외로워지는 순간을 헤아리자면 그 또한 한가득이겠지만, 모든 산술 계산을 마치면 (하지 않아도) 소설은 확실히 매혹적인 세계라는 결론이 난다. 이거야말로 꽤 멋진 1인용이기 때문이다. 두 사람이 같은 책 한 권을 나란히 읽기 시작해도 잠시 후면 각자가 도달해 있는 문장이 다르다. 저마다의 속도로 흘러가는 세세, 밤의 꿈처럼 오롯한 1인용의 세계. 이 세계에서는 작가와 독자가 1:1로 만나 언제 끝날지 모르는 산책을 한다.

우리는 1:1로 만나는 사이지만 마주치기가 쉽지 않은 이상한 구조로 놓여 있다. 그래서 이런 별도의 지면이 필요한 걸 수도 있고. 만약 당신이 걷다가 저기 갑자기 멈춰 선 사람을 본다면, 그 사람이 뭔가를 다급하게 적어대고 있다면, 그중 하나가 나일지도 모르겠다. 나는 걷다가 종종 전봇대나 가로등, 가로수나 입간판처럼 멈춰 서곤 하니까. 방금 떠오른 것을 메모하기 위해서인데 어느 정도 분량쯤은 걸음을 멈추지 않고도 적을 수 있다. (더러 읽을 수 없다.) 온도, 습도, 먼지 농도, 햇빛의 양, 보도의 폭, 신발 밑창의 쿠션감, 많은 변수가 이 고요한 실험을 돕는다. 방금 나를 스친 사람도 신선한 자극이 되는데 그게 어쩌면 당신일지도 모르고.

첫 책을 낼 때도 고마움을 느꼈지만 두번째 책을 낼 때 더 그랬고 세번째 책을 낼 때 더 그랬다. 이번 책은 일곱번째, 언제까지 고마움이 확장될지는 몰라도 매번 이전보다 더 고마운 마음이 든

다. 나는 요란한 모양새의 퍼즐 조각인데 그래도 외롭지 않은 건 내 요란한 경계에 기꺼이 볼을 대주고 어깨를 빌려주는 사람들 덕분인 것을 안다. 그래서 여전히, 조금 더 고마움을 느끼는 중이고 앞으로도 계속 그럴 것 같다. 이런 추세로 가다가는 언젠가 울지도 모르겠다.

며칠 전 편집자에게 "작가의 말이란 건 촛불 켜고 쓰는 것 아닌가요"라고 한 기억이 있는데 그때까지만 해도 진짜 촛불을 켤 생각은 없었다. 기분 속 촛불이면 충분할 뿐 뭐 진짜 불을 붙일 필요까지야. 그러다 구 년 전 첫 소설집에 내가 남긴 말들을 보게 됐고, 당시에도 촛불을 떠올렸다는 것이 흥미롭게 느껴졌다. 그때나 지금이나 나는 성냥이니 가스 점화기니 그런 걸 다루지 못하는데, 그런 사람치고는 자주 촛불을 필요로 한다. 고정되어 있지 않지만 원형을 벗어나지 않는 범위에서 흔들리는, 그 일렁임이 좋아서 상상 속에서는 더 자주 촛불을 켠다. 구 년 전에도 그걸로 충분했지만 이번에는 어쩐지 약간의 연출을 해보고 싶은 마음이 생겼고, 마침내 진짜 촛불이 등장했다. (고마워, L)

따뜻하고 위험한 가로등 하나를 책상 위에 놓고 마지막 몇 줄을 쓸 수 있어서 꽤 근사한 밤, 이제 내일이 오기 전에 초가 몽당몽당 닳기 전에 서툰 고백을 해야지. 책 만드는 과정이 늘 소풍 같을 수는 없는데도 어떤 분들은 마치 소풍처럼 축제처럼 해낸다. 이런 기운은 전염성이 강해서 몹시 중요하다. 한영인 평론가와 정세랑 소설가, 김봉곤 편집자를 비롯한 문학동네 식구들이 계셔서 가능했던 책—내 일곱번째 연인을 만나기까지 영감과 마감을 주셨던 많은 분들께 고마움을 전한다.

2019년 오늘
윤고은

| 수록 작품 발표 지면 |

양말들 …… 『문학사상』 2017년 12월호

부루마불에 평양이 있다면 …… 『현대문학』 2016년 10월호

오믈렛이 달궈는 밤 …… 『작가세계』 2017년 봄호

우리의 공진 …… 『한국문학』 2017년 하반기호

평범해진 처제 …… 『21세기문학』 2016년 여름호

물의 터널 …… 『문학과사회』 2017년 여름호

문학동네 소설집
부루마불에 평양이 있다면
ⓒ 윤고은 2019

1판 1쇄 2019년 4월 24일
1판 5쇄 2023년 4월 21일

지은이 윤고은
책임편집 김봉곤 | 편집 김영수 강윤정
디자인 엄자영 유현아| 저작권 박지영 형소진 최은진 오서영
마케팅 정민호 이숙재 김도윤 한민아 이민경 안남영 김수현 왕지경 황승현 김혜원
브랜딩 함유지 함근아 박민재 김희숙 고보미 정승민
제작 강신은 김동욱 임현식 | 제작처 한영문화사

펴낸곳 (주)문학동네 | 펴낸이 김소영
출판등록 1993년 10월 22일 제2003-000045호
주소 10881 경기도 파주시 회동길 210
전자우편 editor@munhak.com | 대표전화 031) 955-8888 | 팩스 031) 955-8855
문의전화 031) 955-3576(마케팅) 031) 955-1920(편집)
문학동네카페 http://cafe.naver.com/mhdn
인스타그램 @munhakdongne | 트위터 @munhakdongne
북클럽문학동네 http://bookclubmunhak.com

ISBN 978-89-546-5580-4 03810

* 이 책의 판권은 지은이와 문학동네에 있습니다.
  이 책 내용의 전부 또는 일부를 재사용하려면 반드시 양측의 서면 동의를 받아야 합니다.
* 이 책은 서울문화재단 '2017년 문학창작집 발간사업'의 지원을 받아 발간되었습니다.
* 이 서적 내에 사용된 일부 작품은 SACK를 통해 VAGA at ARS와 저작권 계약을 맺은 것입니다.
  저작권법에 의하여 한국 내에서 보호를 받는 저작물이므로 무단 전재 및 복제를 금합니다.
  ⓒ Wayne Thiebaud / (VAGA at ARS, New York),/(SACK, Korea)

잘못된 책은 구입하신 서점에서 교환해드립니다.
기타 교환 문의 031) 955-2661, 3580

www.munhak.com